人間
失格
EX-LIBRIS
©DEE TEN PUBLISHING

人間失格

にんげんしっかく

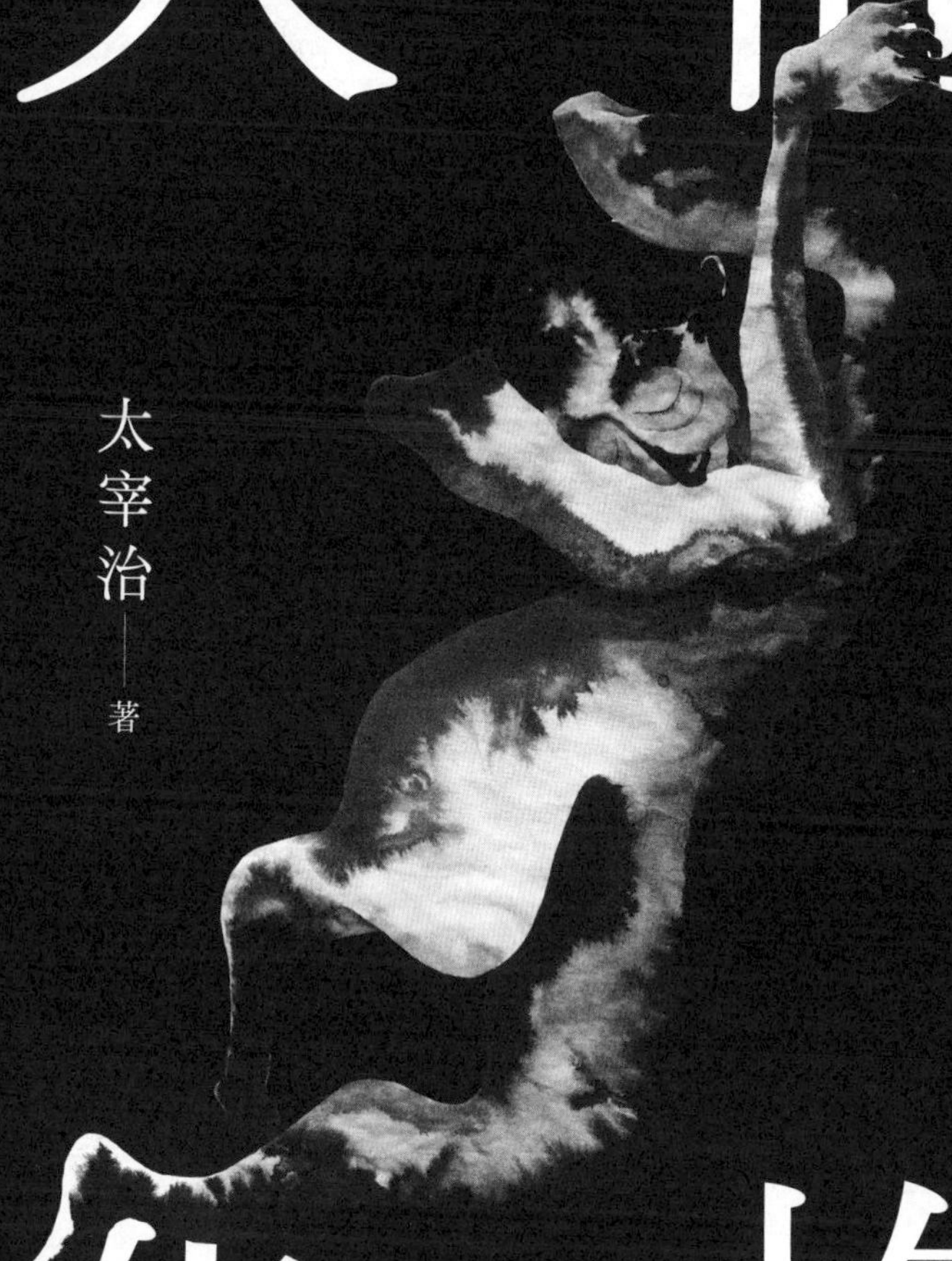

太宰治——著

笛藤出版

目次

♪ 情境配樂 中文朗讀 MP3
請掃描左方 QR code 或輸入網址收聽：
https://bit.ly/NGshikkaku
* 請注意英文字母大小寫區分

◆中文女音：常青
◆中文男音：陳余寬

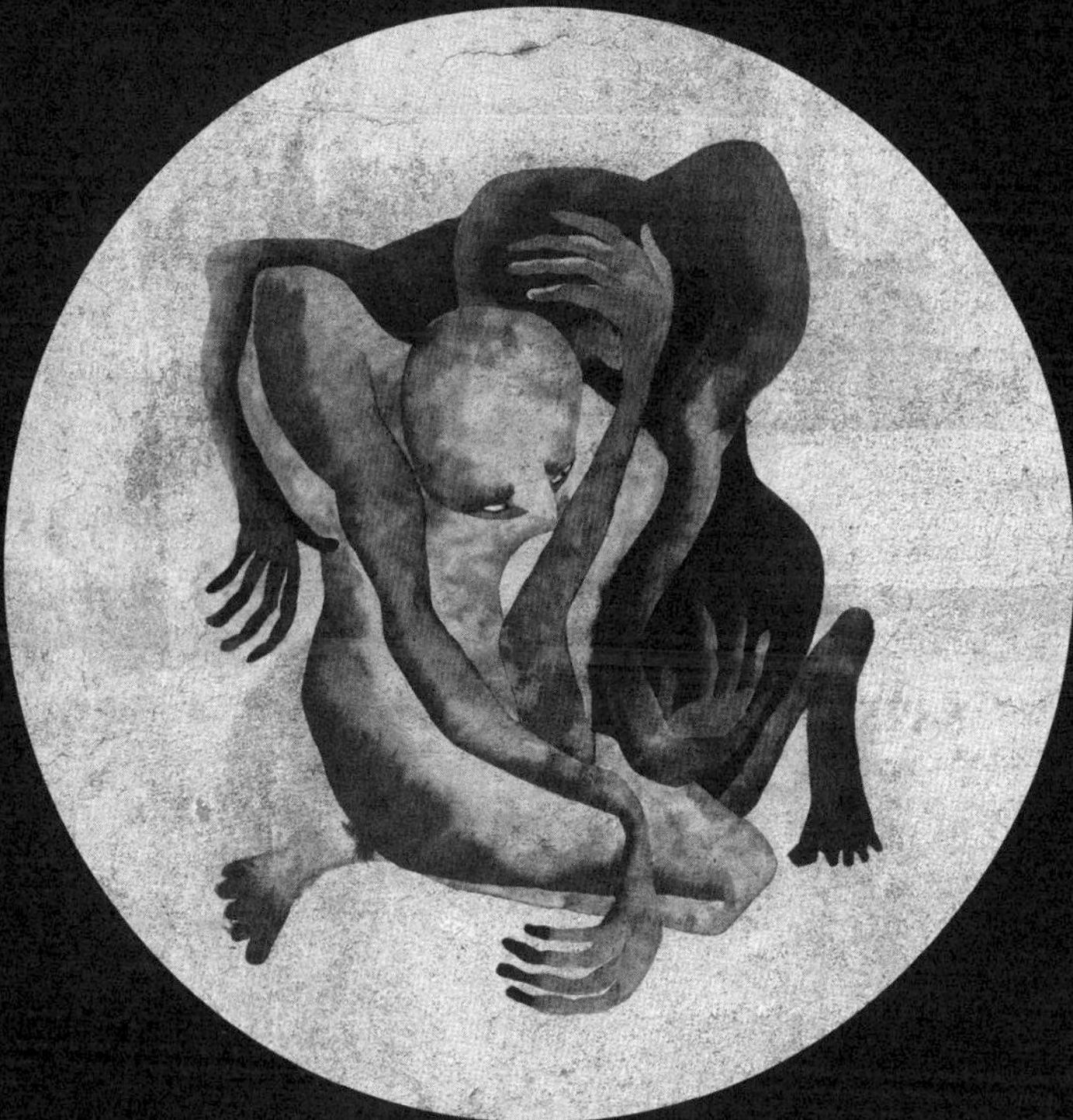

所謂的世人不就是你嗎？

前言

我，看過三張那男人的照片。

一張該說是那男人的幼年時期嗎？就照片推斷應該是十歲前後，眾女子圍著那孩子（可想而知應該是姊姊、妹妹，與表親姊妹們），他身穿粗條紋的和服裙褲站在庭園的池子邊，頭向左傾斜約三十度左右，笑得很醜。說醜嗎？但駑鈍的人（也就是對美醜毫不以為意的人們）會興味索然地多少稱讚一句：

「好可愛的男孩啊！」

聽起來不至於像假意的奉承。雖然從這孩子的笑容裡，並非完全看不到一般通俗所謂的「可愛」的影子，但是稍受過一些美醜訓練的人，可能只要看上一眼就會極度不悅地嘟囔：

「這孩子真討人厭。」

然後便像甩開毛蟲似地，隨手就把照片給扔了。

真是的，那孩子的笑容不知怎的，愈看就愈叫人背脊發涼地不舒服。那根本不是笑，這孩子壓根一點都沒笑。證據就在於這孩子站著的時候還緊握雙拳，而人類不會緊握了拳頭的同時還笑得出來。猴子！那是猴子的笑容！他只是在臉上擠壓了醜陋的皺紋，照片上的表情讓人幾乎忍不住脫口說出「這孩子皺巴巴的」之類的話，不僅真的奇怪，還有點討人厭，沒來由地叫人怒火中燒。我從沒看過表情這麼怪異的小孩。

第二張照片的臉，又出乎意料之外地有了極大的轉變。那是一個學生。雖然不清楚是高中還是大學時期的照片，總之是個美得驚人的學生。只不過很奇怪的是，感覺不像是活人。他身穿學生制服，胸前口袋稍露出一點白色手帕，翹著腿坐在藤椅上，然後還是笑著。只不過這次不像猴子笑得一臉皺巴巴的，那微笑變得相當精巧，但跟一般人的微笑就是有些許不同。該說是血色的輕重？或生命的苦澀呢？總之諸如此類的真實感絲毫不存在，若真要說嘛甚至不像隻鳥。他的笑輕如羽毛，恍若一張白紙。

總而言之，他從頭到腳都像是假的。說他裝模作樣不足以形容；說他輕浮不夠貼切；說他文弱不達意；說他時髦，當然也不盡然。而且仔細端詳，這位貌美的學生也莫名地散發著一股怪談般叫人背脊發涼的氛圍。我從沒看過相貌美得如此詭譎的年輕人。

另一張照片是最詭異的。簡直無法分辨年紀。他的頭上有部分看似白髮，置身骯髒至極的房間角落（照片上清晰可見牆上約有三處斑駁剝落），雙手輕覆在火盆上，這次沒有在笑。臉上沒有表情。彷彿坐著將雙手輕覆在火盆上，然後就這麼自然地死了似的。照片瀰漫著相當晦氣、不祥的氛圍，但奇怪的還不止這樣。由於照片把臉拍得特別大，讓我得以細細地研究他臉部的結構。額頭很平凡，額頭的皺紋也很平凡、眉毛平凡、眼睛平凡、連鼻子嘴巴下巴也都是。唉呀！這張臉豈只是一無表情，簡直就是毫無印象、沒有特徵。如果說要我在看過這張照片之後閉上眼睛，我會當下就忘記這張臉長什麼樣，就算記得房間牆壁或小火盆，但對房間主人的印象卻像霧氣迅速散去一般。無論如何，不管怎樣就是想不起來。那是一張畫不成圖的臉，不管是漫畫還是什麼都畫不出來。睜開眼，甚至連「想起來了！喔，原來長這樣」的驚喜也沒有。極端點地來說，就算是睜開眼再看到那張照片，我也依舊什麼都記不得。有的只是不悅、煩躁，終至想轉移視線。

即便是所謂的「遺容」，也都更有些什麼表情或印象的吧？試著把馱運貨物的馬頭接上人體，會不會就是這種感覺的東西？總而言之，說不清所以然，這照片就是讓看的人毛骨悚然地不舒服。長相如此詭異的男人，我在這之前還真是一次都沒見過。

第一手記

我一直過著充滿恥辱的人生。

我總是搞不懂何謂「人的生活」。由於生在東北鄉下，所以第一次看到火車已經是長大以後的事了。我總在車站的天橋爬上又爬下，但完全沒發現那是蓋來橫越鐵軌用的。我一直以為那只是為了讓車站看起來像國外的遊戲場一樣，複雜有趣且時髦高檔，所以才把車站蓋成這樣。而這個想法還持續了好長一段時間。在天橋爬上爬下對我來說是個相當有格調的遊戲，同時我也覺得這是鐵道公司所有服務中最貼心的一項，但日後發現這只不過是一座方便旅客跨越軌道的樓梯時，我頓時沒了興趣。

除此之外，小時候在繪本上看到地鐵這東西，我也一直以為這並非是出自實用，只是因為比起搭地面上的車，搭地下的更特別有趣。

我自小體弱多病經常臥病在床，躺著躺著，便益發覺得床單、枕頭套、被套等等都是無聊的裝飾品，一直到快二十歲才知道這些東西原來都是實用品，讓我不禁對人類的簡樸黯然神傷。

還有，我也不懂何謂「肚子餓」。不，這並非是指我成長在一個衣食無缺的家庭，我所說的「不懂」並不是那麼膚淺的意思，而是我完全不知道「肚子餓」到底是什麼樣的感覺。雖然這講法很奇怪，但我即使肚子餓了自己也不會發現。小學、中學時只要我放學回家，身邊的人就會湊過來熱切地說：「你餓了吧？我記得我們以前從學校回到家肚子總是餓得慌啊！要不要吃甜納豆？也有長崎蛋糕跟麵包喔！」聽到這些，我自然就會發揮天生的馬屁精神，喃喃說著肚子餓了，然後把十顆左右的甜納豆丟進口中，但肚子餓是什麼感覺，我其實一無所知。

我當然也會吃很多東西，只是印象中自己幾乎不曾因為飢餓感而吃東西。稀奇的東西我會吃，豪華的東西我也會吃，還有到別人家做客時，即使再怎麼勉強，對方招待的東西我大多也都會吃下肚。所以對兒時的我而言，最痛苦的時光莫過於自己家裡的用餐時間了。

我鄉下的老家會將全家約十人份的膳食面對面排成兩列。我是老么，自然坐在最下位。用餐的房間光線幽微，好比說午餐好了，十幾個家人悶聲不響地靜靜吃飯的場景，總令我背脊發涼。再加上鄉下老家保有傳統的家風，菜色基本上都一成不變，根本無從奢望能有什麼稀奇、豪華的料理，於是我漸漸開始對用餐時間心生畏懼。我總坐在那個幽暗的房間末座，直打冷顫地把飯一丁點一丁點地塞進口中。我甚至思考過人為什麼一天要吃三餐？每個人都一臉嚴肅地吃飯，感覺就像是一種儀式一樣。家人每日三餐都在固定的時段依序將膳食擺好，齊聚於幽暗的房裡默默不語地低頭咀嚼著不想吃也得吃的米飯，或許是為了幫在家中到處蠕動的祖靈們祈禱也說不定。

不吃飯就會死這種話聽在我的耳中，不過是種討人厭的恐嚇。只不過那迷信（至今我仍認定那是迷信）總會帶給我不安與恐懼。人不吃飯就會死，所以要工作，一定要吃飯才行。對我來說沒有什麼話比不吃飯就會死更艱澀難懂，並挾帶恐嚇音感的了。

總而言之，我對人類的生活好像一無所知。我有種不安，我覺得自己對幸福的想法和世上的所有人都截然不同。我曾為了這種不安而夜夜輾轉反側、呻吟、甚至幾近發狂。我到底幸不幸福？其實從小就常有人說我是幸福的，但我老覺得自己置身地獄。就我看來，那些說我幸福的人反而擁有更多更多無可比擬的安樂。

我甚至曾想過，若將我身上的十個災難，取其中一個轉嫁給旁人，或許光那一個災難就足以取其性命。

總之我就是不懂，我完全無法理解旁人痛苦的性質與程度。那些實質的痛苦，只要有飯吃就能解決的痛苦，或許那正是最強烈的痛苦，能讓我那十個災難灰飛煙滅，根本是悽慘的阿鼻地獄也說不定。是否真的如此我不知道，但若真是這樣，這些人竟然還能不自殺、不發瘋地議論政黨；不絕望、不屈服地持續與生活纏鬥，會不會其實並不痛苦呢？甚至還徹底變成利己主義者，並確信這是理所當然，一次也不曾懷疑過自己？要能這樣就輕鬆了。但是所謂的「人類」，是不是每個人都這麼想，卻又不因此滿足呢？我不懂……。是不是大家都晚上睡得沈，早上醒來都通體舒暢呢？大家都做了什麼樣的夢？走路時都在想什麼？錢嗎？應該不僅止於此吧？儘管似乎聽過人活著是為了吃飯，卻從沒聽過人是為了錢而活。不，或許視情況……不對，那我也不知道……愈想愈糊塗，彷佛只有我與這世間格格不入，只能任不安與恐懼侵襲。我幾乎無法跟身邊的人對話，不知道要說什麼，也不知道該怎麼說才好。

於是我想到的辦法是：耍寶搞笑。

那是我對人最後的示愛。因為我雖極度畏懼人，卻似乎無論如何都沒辦法對人完全死心。於是我透過搞笑而得以與人有了一絲連結。表面上雖然常保笑容，但內心卻是拚了命地在隨時都可能破功的千鈞一髮之際，揮汗提供服務。

從我小時候開始，就算是自己的家人也一樣，我對他們到底有多麼痛苦，心裡又是懷抱著何種想法而活，完全一無所知。我只感到畏懼，也無法承受這種尷尬，最後竟成了一個搞笑能手。也就是說我在不知不覺之間，變成了連一句真話都不說的孩子。

看著當時和家人一起拍的照片，明明其他人都一臉正經，偏偏就只有我一定會怪模怪樣地歪著臉笑。這也是我幼稚又可悲的搞笑手法之一。

除此之外，不管家人對我說什麼，我也從不回嘴。因為即便是一丁點的責備，對我造成的震撼都有如晴天霹靂，簡直快把我逼瘋。別說頂嘴，我甚至認定那一點微詞就是千秋萬世一脈相傳的人間「真理」，我既然無法奉行真理，該不會我早已無法與人同住？於是我既無法爭論也無從為自己辯解，只要有人說我不對，我就會覺得對方所言甚是，可能是自己的認知有嚴重的誤解，所以總是沈默地承受攻擊，內心也感受到極大的恐懼，幾近發狂。

不管是誰，在遭人斥責時心情想必都不是很愉快，不過我在生氣的人臉上看到比獅子、鱷魚，甚至比龍都還要可怕的動物本性。雖然這些本性平常都有隱藏起來，但一有機會時，人便好比牛一樣，哪怕原本正從容地躺在草原上，也會冷不防地揮動尾巴擊殺肚子上的牛虻。每當看見人因憤怒而猛然暴露出的可怕真面目，我總會被嚇得頭皮發麻。想到這種本性或許也是決定人有沒有資格活下去的條件之一時，我幾乎都要對自己感到絕望了。

面對人時我總會怕得顫慄發抖，對自己身為人所表現的言行也是毫無自信。於是我只能默默地將自己的懊惱收進心裡的小盒子，拚命隱藏我的憂鬱與緊張，同時不斷裝出天真無邪的樂天性格，最後我終於讓自己成功地成為一個搞笑的怪人。

怎麼樣都無所謂，只要能逗人發笑就好了。這麼一來，就算我置身於人們所謂的「生活」之外，他們應該也不會太在意吧？總之我不能讓他們這群人覺得礙眼，我是虛無、是風、是天空，我滿腦都是這些想法，所以我裝瘋賣傻地逗家人笑，甚至是那些比我家人還要難懂又可怕的僕役下女們，我也都拚了命地提供搞笑服務。

夏天時，我在浴衣下套了件紅色毛衣在長廊上晃來晃去，逗笑了家裡的人。連平常不苟言笑的大哥看到我都噗嗤一笑，並以極為寵溺的口吻說：

「小葉，沒人那樣穿啦！」

拜託！再怎麼樣我都不至於怪到冷熱不分，大熱天還穿著毛衣到處晃。我只是把姊姊的褲襪套在雙臂，從浴衣袖口露出一小截，讓大家以為我穿了毛衣而已。

我父親在東京公務纏身，所以在上野的櫻木町有棟別墅，一個月有一大半的時間都住在那裡。每次返家時，他都會為家人甚至是親戚們買來大量的伴手禮，嗯……這算是父親的興趣吧。

有一次，父親在前往東京的前一晚把孩子們都叫到客廳，帶著笑容一個個問：「下次我回來的時候，要帶什麼禮物好呢？」並把孩子們的回答一一記在手冊裡。像這樣跟孩子如此親近，對父親來說是很難得一見的事。

「葉藏你呢？」

被父親這麼一問，我吞吞吐吐地說不出話來。

一旦被問想要什麼，當下我就變得什麼都不想要了。什麼都無所謂，反正沒有什麼東西能令我感到開心的想法輕輕地被挑動了一下。但同時，只要是別人給的東西，不管多麼不符自己的喜好我也都無法拒絕。對討厭的事物說不出討厭，而面對喜歡的東西，也是畏畏縮縮彷彿在偷東西似地感到非常痛苦，就這樣陷入無以言喻的恐懼感當中。也就是說，我甚至連二擇一的能力也沒有。這樣的習性，我想或許就是我數年後過著所謂「充滿恥辱的人生」的主要原因之一。

由於我默不作聲，表現得扭扭捏捏，父親顯得有些不悅。

「還是想要書嗎？淺草商店街有賣過年舞獅用的獅子，也有適合小孩子戴著玩的尺寸，你想不想要啊？」

一聽到想不想要，我就沒轍了。我沒辦法用打哈哈或其他方式回答父親，搞笑藝人的資格簡直蕩然無存。

「應該是想要書對吧？」

大哥一臉正經地說。

「好吧。」

父親一臉掃興，索性連記都不記就啪地一聲闔上了手冊。

怎麼會這麼失敗，我竟然惹惱了父親。當天夜裡我窩在棉被裡，一邊發抖一邊想著父親的復仇一定很可怕，我現在就要想個辦法補救才行。於是我悄然起身到客廳，打開應該是父親剛剛收進手冊的抽屜，拿起手冊略略翻了幾頁，找到記錄伴手禮的地方，舔了舔手冊的鉛筆，寫上舞獅之後再回去睡覺。我其實一點都不想要那個舞獅用的獅子，書反倒還好一點，可是我察覺到父親想要買那個獅子給我，為了迎合父親，一心想讓父親的心情變好，所以我大膽冒險犯難地在深夜潛入客廳。

我的這個非常手段果然如我所願，為我帶來了豐碩的成果。不久後父親從東京歸來，我在我們小孩的房間裡聽到他高聲對母親說：

「我在商店街的玩具店前打開手冊，你看！就這裡！寫著舞獅。這不是我的字跡。才覺得奇怪，馬上就恍然大悟了！原來是葉藏的惡作劇啊！我問他的時候那孩子光是笑卻一句話都不說，一定是後來想要舞獅想得不得了。畢竟那孩子本來就有點怪嘛，裝出若無其事的樣子，卻在手冊上寫得清清楚楚，那麼想要的話直說不就好了嘛，我還在店門口笑出來了呢！快！把葉藏叫過來。」

另外，我也會把僕役和下女們都聚集到西式廳房，讓其中一位僕役亂敲鋼琴的鍵盤（雖然是鄉下，不過那個家基本上什麼都有）。我就配合那亂七八糟的曲調跳起印地安舞給大家看，逗得大家狂笑不已。二哥用鎂光燈拍下我跳印地安舞的照片，洗出來一看，照片上我的小雞雞透過腰巾（印花的棉布包巾）打結處探出頭來了，這又成為家中的大笑柄。對我而言，這次的成功可說是出乎意料之外。

我每個月都會訂十本以上的新刊少年雜誌，另外也會從東京訂各式各樣的書一人靜靜地讀，所以對什麼荒謬博士、神秘博士等雜誌都非常熟悉。除此之外像怪談、說書、單口相聲、江戶笑談之類的我也都如數家珍，所以一臉正經地說笑逗樂家人自然成了我的例行公事。

只不過……，唉，學校！

我在那裡，差一點就要受到大家尊敬了。而受尊敬這想法，也讓我極度畏懼。幾近完美地欺騙大眾後，被某個全知全能者識破，最後被搞得支離破碎，蒙受比死還嚴重的奇恥大辱，就是我對「受到尊敬」這種狀態的定義。即便欺騙世人而「受到尊敬」

了，也總有那麼一個人知道真相。當世人透過此人察覺自己受騙時，人們的憤怒、復仇，唉……會是怎麼樣呢？光是想像，就夠我毛骨悚然的。

我之所以能在學校受到尊敬，比起因為家境富裕的緣故，更多的是因為世俗所謂的「成績好」。我從小體弱多病，常常一、兩個月，甚至曾經近一學期的時間都躺在床上沒去上學。儘管如此，我就算拖著大病初癒的身體搭人力車到學校參加期末考試，也還是比班上任何人都「考得好」。我身體無恙也完全不念書，去學校也只是上課時間畫些漫畫，下課就拿上課畫的漫畫說給同學聽，逗大夥兒笑而已。還有作文也老是寫些滑稽的笑談，儘管曾被老師警告過，卻還是依然故我，因為我知道其實老師暗地裡還挺期待我寫的笑話。有一天，我一如往常地刻意用極為感傷的筆觸，把母親帶我搭火車上東京時，我誤將小便尿在車廂走道的痰盂的糗事寫出來交了出去（其實那次上東京時，我早就知道那是痰盂，只是仗著孩子的天真無邪才故意那麼做），我有信心一定能逗笑老師，所以就偷偷地跟在走回教職員辦公室的老師身後。老師一走出教室，就馬上從班上其他同學的作文裡挑出我的，邊走邊看還不時竊笑，最後走進了教職員辦公室，我猜老師應該是看完了吧，只見他脹紅著臉狂笑不已，並馬上把我的作文傳給其他老師看。看到這一幕，我心滿意足。

耍寶搞笑。

我成功地把自己營造成調皮愛搞笑的形象，並順利地讓自己不會受到尊敬。聯絡簿上我所有的科目都是十分滿分，唯有操行這一項，不是七分就是六分，而這也是逗得全家哈哈大笑的題材。

但我的本性，其實跟所謂的調皮搗蛋幾乎大相逕庭。當時的我，早就從下女和僕役的身上領略了悲哀的行為，而且也受到了侵犯。至今回想起來，我認為在小孩子面前做這種事，簡直是人類所有罪行中最醜陋低級且殘酷的。但是我忍下來了，我甚至認為這又讓我見識到人的另一種特質，對此我只能無力地笑。如果我有說真話的習慣，可能會無所畏懼地把他們的罪行都告訴父親或母親，但我偏偏也不完全了解父母親，我對於訴諸於人的手段，也絲毫不帶任何期盼。向父母親告狀、向警察報案、就算向政府提告，最後的下場不也只是讓那些世故的人以花言巧語來顛倒是非而已嗎？

我很明白判決一定會有所偏頗，總之找人申訴終究只是白費力氣。所以我認為唯一的出路就是一句真話都不說，一味忍耐，然後繼續裝瘋賣傻。

原來你講的是對人的不信任啊？咦？你什麼時候變成基督徒啦？可能會有人如此嘲笑我吧？但我認為對人的不信任，其實未必要直接牽扯到宗教。包含眼前那些嘲笑我的人在內，不都是在不信任彼此的情況下，毫不在意地過日子嗎？不也根本沒把耶和華放在眼裡嗎？果然還是得說一下我孩提時期發生的事。

當時我父親所屬政黨的名人到我們鎮上演講，僕役們帶我到劇場聽。現場高朋滿座，而且鎮上與父親特別有交情的人也通通到場，並給予熱烈的掌聲。演講結束後，聽眾三五成群地踏上飄雪的夜路回家，一路把當晚的演說批得一文不值。批評聲中，也夾雜了與父親交情甚篤的人的聲音。那些父親所謂的「同志們」用幾近謾罵的口吻說父親的引言致詞說得很糟，也說那個名人的演講從頭到尾都不知所云。但之後這些人卻又繞道到我家，走進客廳便一副滿心歡喜的模樣對父親說今晚的演講實在是太成功了。就連僕役們被母親問及「晚上的演講怎麼樣啊」的時候，也只回了一句「很有趣啊」，彷彿什麼事都沒發生過一樣。明明在回家的路上他們還彼此唉聲嘆氣地說，沒有比演講更無聊的東西了。

然而諸如此類也不過是冰山一角罷了。明明互相欺騙，卻都奇妙地毫髮無傷，甚至彷彿不曾察覺彼此的欺瞞，不信任得如此華麗且清明開朗的例子，充斥在人們的生活之中。但我對互相欺騙一事並不特別感興趣，因為我自己也是一天到晚靠著裝瘋賣傻來矇騙世人。我對修身養性這種教條似的正義和道德之類的東西沒什麼興趣，我無法理解為何有些人明明彼此欺騙，卻還清高開朗且坦蕩蕩地活著，或者是怎麼會有自信能這樣活下去。人們終究沒告訴我箇中真諦。只要能夠理解這點的話，我或許就不會如此畏懼人，不用這麼拚命費心地服務他們，也不用因為和人們的生活產生對立，而在夜復一夜的地獄中飽嚐苦楚。

換句話說，我之所以連僕役下女們的可惡罪行都絕口不提，並不是源自於我對人的不信任，當然也不是基督教教義使然，只是因為人們對名為葉藏的我，緊緊闔上了信任的外殼。就連我的父母，偶爾也會做出讓我看了難以理解的行為。

之後，有許多女性本能地嗅察到我這股無法向人傾訴的孤獨氛圍，而這一點似乎也成為多年後，我被捲入各種糾纏的原因之一。

也就是說對女性而言，我是個可以對戀情的祕密守口如瓶的男人。

第二手記

在鄰近海、可說是在浪花旁的岸邊，聳立著二十棵以上樹皮漆黑的巨大山櫻樹。每當新學年開始，伴隨著濕黏的褐色嫩葉萌芽，山櫻會以湛藍大海為背景開出絢爛的花朵；到了落英繽紛之際，大量的花瓣會如雪花般灑落大海在海面上盪漾著，最後又乘著浪再度被送回潮起潮落的浪花邊。我雖然沒怎麼認真念書準備考試，還是順利地進了東北這所把那櫻花沙灘劃為校園的中學。因此，這所中學的帽徽和制服鈕扣都盛開著櫻花的圖案。

有個遠親的家剛好離這所中學非常近，也因為這個緣故，父親才為我選了這所靠海且有櫻花的學校。受託照顧我的親戚家離學校實在太近，即便我是個聽見朝會鐘響才衝出門上學的懶散中學生，我也依舊仗著搞笑日漸受到班上同學的歡迎。

雖然這是我有生以來第一次離家，但待在這個他鄉遠比在自己生長的故鄉還要來得輕鬆自在。當然這或許可以解釋成我娛樂別人的功力已日漸純熟，要欺人耳目不再像過去那麼辛苦。不過就演技的難度而言，不管什麼樣的天才，哪怕是上帝之子耶穌，在面對至親與外人、故鄉與他鄉時，多少都還是存在著不容輕忽的差異吧。對演員而言，演出難度最高的地方莫過於故鄉的劇場吧？而且父老兄弟姊妹還齊聚一堂，排排坐在眼前，相信這時不管是多知名的演員恐怕也會怯場。但我順利完成表演了，甚至演出得相當成功。也就是說，像我這樣的老江湖，即使置身他鄉，演技也是不會有任何差錯的。

我的人類恐懼症，和過去一樣不增不減地在心底強烈蠕動著，不過演技倒是愈來愈得心應手，在教室總能逗得全班哄堂大笑，儘管老師有感而發地說「這個班要是沒有大庭的話，該是多優秀的班級呀」卻也一邊摀著嘴笑。我甚至能輕易地讓那個說話粗聲粗氣，嗓門大如雷聲的軍訓教官忍不住笑出來。

就在我以為已經完美掩飾了自己的真面目，正要鬆口氣時，卻出乎意料地被人從背後捅了一刀。而那個人，果然與一般偷襲者的形象分毫不差，他的體型是全班最瘦弱的，臉色蒼白浮腫，身穿看似爸爸或哥哥穿過的舊衣服，袖子長得跟聖德太子的古裝一樣。他對課業一竅不通，上軍訓和體操課時，也總是像個白痴一樣待在一旁看。我根本沒想過需要對這個同學心存警戒。

那天上體操課的時候，那個同學（我想不起來他姓什麼，只記得他名叫竹一），那個竹一和往常一樣在旁邊看我們練習單槓。我刻意擺出極盡嚴肅的表情，看準單槓後「啊」地大叫一聲，便像跳遠般往前一蹬，接著咚地一屁股摔坐到沙地裡。這一切都是我預謀好的失誤，果然逗得大家狂笑不已，正當我邊苦笑著邊站起來拍褲子上的沙子時，不知何時走近我的竹一竟戳了戳我的背，低語說道：

「故意，故意的。」

我感到無比震驚。我做夢也沒想到自己刻意失手的事，竟會讓竹一識破。我彷彿看到世界瞬間遭到地獄業火團團包圍並熊熊燃燒的景象，拚命壓抑快要發狂的情緒，忍住不「哇」地發出叫聲。

自此之後，我每天都身陷不安與恐懼。

我表面上雖然照常裝瘋賣傻逗大家笑，卻會突然不經意地重嘆一口氣，不管我做什麼，都會被竹一識破，而且想到他之後一定會到處跟人宣揚這件事，我的額頭就會不停滲出汗來，露出瘋子般的詭異眼神，心虛地張望著四周。如果可以，我巴不得早、中、晚一天二十四小時都守在竹一身邊監視他，別讓他把秘密說出去。於是我在纏著他的期間用盡了所有努力，好讓他相信我的搞笑不是「故意」的，而是渾然天成的。順利的話，我更想成為他獨一無二的好友。但要是都無法成功的話，我甚至想過我只能祈求他去死了。但再怎麼說，我也沒動過殺他的念頭。活到現在，雖然曾數度希望有人能來把我給殺了，可卻從沒想過要殺人。因為在我看來，那反而是給可怕的對手幸福罷了。

為了收服竹一，我首先採取的行動，就是不斷堆著宛如偽基督徒般「溫柔」的媚笑，將脖子向左傾斜三十度左右，接著輕輕搭上他細瘦的肩膀，用嬌滴滴的嗓音邀請他到我寄宿的家裡玩。然而他卻總是眼神呆滯地默不作聲。不過某天放學後，我記得是初夏時分。午後陣雨白唰唰地下了起來，同學們都煩惱著不知道該怎麼回家，我因為住得近正不以為意地打算往外衝，此時驀然看到竹一孤單地站在鞋櫃旁，於是我說「走吧，我借你傘」然後拉起竹一畏縮的手，一起奔跑在午後的驟雨中。到家後我請姨母弄乾我們兩人的上衣，順利地邀請竹一來到我二樓的房間。

我寄宿的家裡住著年過五十的姨母，和年約三十歲戴著眼鏡，似乎有病在身的高個子女兒（這個女兒曾經出嫁，後來又回到娘家。我跟著家裡的人一起叫她姊姊），還有一個好像最近才剛從女校畢業，名叫小節的妹妹。她跟姊姊長得一點都不像，臉圓個子矮。全家就三個人，樓下的店面陳列了少數文具和運動用品之類的商品，不過主要的收入來源，好像是過世的先生留下的五六棟雜院的租金。

「耳朵好痛。」

竹一站著這麼說。

「淋到雨，就痛起來了。」

我看了一下，發現兩邊耳朵都有嚴重的耳漏，膿水就要流出耳朵外了。

「這下可糟了！很痛吧？」

我誇張地表現出驚嚇不已的樣子。

「都怪我把你帶去淋雨，對不起喔。」

我像個女人家似的先「溫柔地」道歉後，走下樓去拿酒精和棉花，讓竹一枕著我的膝蓋躺下，並仔細地幫他清理了耳朵。畢竟都做到這種程度了，竹一似乎沒察覺到這是我偽善的詭計。他乖乖地躺在我的膝上說了句愚蠢的奉承：

「女人一定會被你迷得團團轉。」

竹一當初會這麼說或許是出於無心，但直到好幾年後，我才了解到這句話宛如可怕的惡魔預言。不管是迷戀或被迷戀，這些措辭都實在太過低俗、荒唐，而且還有自抬身價的感覺。無論多嚴肅的場合，只要這類詞彙出來，憂鬱的伽藍[1]便會瞬間分崩離析，化為平地。但如果不用「被迷戀的痛苦」這種俗氣的說法，而換成「被愛的不安」之類的文學性用語，似乎就不至於搗毀憂鬱的伽藍，想想還真是奇妙。

竹一因為我幫他處理耳朵的膿，而說出我會把女人迷得團團轉之類的愚蠢恭維，我當時雖然只是靜靜地紅著臉笑，心裡卻隱約有點認同。不過對於「女人會被你迷得團團轉」這種低俗的說法所衍生的自滿氛圍，若只是因為聽到別人這麼說，自己便振筆寫下「有點頭緒」則像極了愚蠢的感懷，拿來當單口相聲的少爺台詞根本都還不夠格，所以，我並不是在那麼輕佻自滿的心情下，說自己「有點頭緒」的。

對我來說，女人比男人還要難懂好幾倍。我們家女多於男，就連親戚家也有很多女孩，除此之外還有前述那些「犯了罪」的女傭，所以說我是從小跟女生玩到大的也不為過。但老實說，我一直是抱著如履薄冰的心情跟這些女人相處。我完全掌握不到和她們相處的訣竅，彷彿身陷五里霧中，一不小心就會犯下踩到老虎尾巴般的失敗，遭受慘痛的打擊。這個打擊和被男人鞭打不同，那就像內出血一樣是非常不舒服的內傷，是久久不癒的傷口。

女人會誘惑你再推開你；或者，女人會在人前輕蔑你，對你刻薄殘酷，可是她們又會在人後緊緊擁抱你。女人會如死去般沈睡，睡到讓人懷疑女人是不是為了睡覺而活。對於女人的其他各種面相，我自幼便已有所觀察。儘管同為人類，我認為女人與男人是截然不同的生物。奇妙的是，這個令我費解又不可掉以輕心的生物，總會來關心我、照顧我。「迷戀」或「喜歡」之類的說法，一點都不適用於我，改成「照顧」來說明實際情況還更為貼切。

女人似乎比男人更享受搞笑。我搞笑的時候，男人再怎麼樣也不會哈哈笑個不停，而且我很清楚要是玩得太過就會失敗，所以我總是小心翼翼提醒自己要適可而止，見

1 編按：「伽藍」意指寺院，最廣為人知的出處為北魏的《洛陽伽藍記》。推測對作者而言，相對於表面上的耍寶搞笑，主角真正的生命情調是憂鬱的，這在文中提及常子讓主角安心，無須賣力搞笑；或與損友堀木相處時，無須費心多言便可見一斑。「憂鬱」是其生命情調，靈魂安身之處，如同伽藍是生命中莊嚴持重，花果蔚茂，芳草蔓合之處，容不下任何世俗的塵埃。

好就收。但女人可就不知節制了，總一而再再而三地要我搞笑，為了回應這些沒完沒了的安可，我總是累到快喘不過氣來。她們真的很愛笑，總體來說，女人似乎比男人還更能縱情享受快樂。

我中學時借住的親戚家的那對姊妹，也是一有空就會跑到我二樓的房間，每次都把我嚇得只差沒跳起來，令我膽顫心驚。

「你在念書嗎？」

「沒有啊。」

我微笑著闔上書頁說：

「今天啊，在學校的時候，那個叫棍棒的地理老師啊……」

脫口而出的是壓根沒打算講的笑話。

「小葉，你戴上眼鏡看看。」

有一天妹妹小節跟姊姊一起到我房間來玩，要我耍寶耍了老半天後，說了這句話。

「為什麼？」

「好啦！就戴戴看嘛！姊姊借我眼鏡！」

她總是用這麼粗暴的命令語氣說話。我這個搞笑藝人便乖乖戴上姊姊的眼鏡，不一會兒姊妹倆笑得花枝亂顫。

「好像喔！好像勞埃德。」

當時，有名叫哈羅德勞埃德的外國喜劇電影演員在日本很受歡迎。

我站起身舉起一隻手。

「各位！」

我說：

「此次，對日本各位影迷們……」

我試著講了一段致詞，更是逗得她們大笑不已，在那之後，只要勞埃德的電影有在當地劇場上映，我就一定會去看，接著偷偷研究他的表情。

除此之外，在某個秋夜，當我正躺著看書時，姊姊像隻小鳥飛快地衝進房間，突然倒在我的棉被上哭。

「小葉，你會幫我對不對？對不對？像這樣的家不如一起離開的好吧！你幫我，幫幫我！」

她脫口講完這段驚人之語後又開始哭個不停。是說我也不是第一次見到女人表現出這種態度，所以姊姊激動的言詞並沒有讓我太過驚訝，反倒是對她那些空泛的陳腔濫調感到掃興，於是我便從被窩中爬起來，剝了顆桌上的柿子，遞給姊姊一片。結果姊姊哽咽地吃著那片柿子說：

「有沒有什麼好看的書？借我。」

我從書架上選了夏目漱石的《我是貓》拿給她。

「謝謝你的柿子。」

姊姊有點難為情地笑著走出房間。不光是這個姊姊，每個女人都一樣，對我而言，思考女人究竟是抱著何種心態過活，比探索蚯蚓的想法還要來得複雜、麻煩且令人不快。不過根據以往的經驗，我從小就知道當女人像剛才那樣突然嚎啕大哭時，只要拿出一點甜食，她們吃了之後心情就會好轉。

還有妹妹小節，她甚至會帶她的朋友來我房間，而我則一如往常，公平地逗大家笑，但在朋友回去之後，小節總是會開始說那些朋友的壞話，而且會很肯定地說她是不良少女，要我小心之類的。既然如此那妳就別專程帶回家就好了啊，拜她所賜，來我房間的客人幾乎清一色全是女性。

不過，竹一說的那句奉承之詞——「女人一定會被你迷得團團轉」此刻尚未成真。

換句話說，我當時充其量不過是日本東北的哈羅德勞埃德。等到竹一愚昧的恭維成了可怕的預言，並活生生地以不祥之姿現身而來時，則是好幾年後的事了。

竹一還送了另一個貴重的禮物給我。

「你看，鬼怪的畫。」

有天竹一到我二樓房裡玩時，帶了張原色版的首頁插畫，他洋洋得意地拿給我看，並向我如此說明。

（咦？一個念頭閃過。彷彿有人在這瞬間決定了我墮落的軌跡，直到多年後，這個感覺依舊揮之不去。）

那幅畫我早就看過了，那不過是幅梵谷的自畫像。在我們的青少年時期，日本正大肆流行法國所謂的印象派畫作，西方繪畫的鑑賞大概都從這部分切入，所以哪怕是鄉下的中學生，大部分都曾看過梵谷、高更、塞尚、雷諾瓦等人的畫作照片且略知一二。我自己也看過很多梵谷的原色凸版印刷畫作，對於其筆觸的趣味性、用色的鮮豔度都很有興趣，但把這當成鬼怪的畫來看嘛，我倒是從沒想過。

「那這種的怎麼樣？也是鬼怪嗎？」

我從書架拿出一本莫迪里安尼的畫冊，把那個曬成古銅色肌膚的知名裸女圖拿給竹一看。

「哇！」

竹一瞪大眼睛，發出感嘆。

「好像地獄裡的馬。」

「你還是覺得像鬼怪啊？」

「我也好想畫這種鬼怪的圖喔。」

這類對人類存有太多恐懼的人們，心理上反而會更希望親眼看到可怕的妖怪；愈是神經質、容易害怕的人，心理上則希望狂風暴雨能再更強烈一點。啊！這群畫家在受到名為人類的妖魔鬼怪傷害、恐嚇後，終至開始相信幻影，才會在白晝的大自然中看見栩栩如生的妖怪。然而他們並不用搞笑、裝瘋賣傻來掩飾，反而努力地將他們眼中所見的一切如實表現出來，就如竹一所言，他們毅然決然地畫了「鬼怪圖」。我未來的夥伴就在這裡！想到這，我激動得眼淚都快奪眶而出，卻不知為何地把聲音壓低對竹一說：

「我也要畫，畫妖魔鬼怪，畫地獄的馬。」

我從小就愛看畫，也愛畫畫。但是我畫的畫並不像作文那樣，受到周遭的肯定。由於我不相信人說的話，所以作文對我來說，充其量不過就是正式搞笑前的開場白，儘管我在小學、中學時總是把老師們逗得樂不可支，可是我自己卻興味索然。唯有繪畫（漫畫另當別論），對於表現描繪對象的手法，儘管當時年幼，我仍舊下了番功夫研究。畢竟學校的畫帖死板無趣，老師的畫作又拙劣不堪，我只好自己盲目地胡亂摸索，嘗試各式各樣的表現手法。進中學之後，我雖然有一套油畫的畫具，但我就算以印象派為範本，追求其畫風與筆觸，畫出來的東西卻跟千代色紙折出來的東西一樣平板，根本不像樣。然而因為竹一的一句話，我發現過去我對繪畫的心態簡直是大錯特錯。我天真、愚蠢地努力想把美麗的事物以美麗之姿如實呈現，但巨匠們卻透過主觀把平凡無奇的事物美麗地創造出來。此外，儘管面對醜陋到令人噁心想吐的東西，他們也不會掩飾對其產生的興趣，並沈浸在表現的歡愉之中。竹一讓我領悟到了這種畫法的秘訣，換句話說，就是不仰賴他人思維的原始作畫方法。於是我開始背著那些來訪的女人，一點一點地嘗試創作自畫像。

畫出來的作品，陰森到連我自己都嚇了一跳。但這正是我壓抑並潛藏在心底的真面目。表面上雖開朗地笑，也會逗人笑，但我其實有顆陰鬱若此的心。我暗自認定這也是無可奈何之事，但這幅畫除了竹一以外，我沒有給任何人看過，畢竟我不希望別人識破我搞笑背後的陰暗，突然小鼻子小眼睛地提防我；也擔心別人看不出這是我的真實面貌，而把這幅畫誤認為是搞笑的新花樣，成了惹人大笑的題材。沒比這更令我難受的了，於是我馬上把這幅畫收進壁櫃的深處。

除此之外，在學校上繪畫課時，我會收起那個「鬼怪畫風」，和往常一樣以庸俗的筆觸，把美麗的東西照實地畫得美美的。

從以前，我就只會對竹一坦然地展示我那容易受傷的心靈，所以我這次也放心地把自畫像拿給竹一看，結果他讚賞有加，於是我接二連三地又畫了幾張鬼怪圖，並從竹一那裡獲得了另一個預言：

「你會成為一個偉大的畫家。」

我的額頭上被笨蛋竹一刻上了「女人會被你迷得團團轉」、「你會成為偉大畫家」這兩個預言。不久後我便來到了東京。

我想讀美術學校，可是父親一開始就打算讓我念完高中後走上仕途，而且他也老早就跟我說過他的期許，完全不會頂嘴的我，便糊里糊塗地接受了父親的安排。由於父親要我念完四年級就去考高中，再加上自己對那間有櫻花和大海的中學也開始覺得膩了，所以我沒升上五年級，只修完四年級的課，就考上東京的高中，旋即展開宿舍生活。髒亂的環境與人們粗魯的舉止令我感到難耐，完全沒有多餘的精力搞笑，於是我請醫生開了張肺浸潤的診斷書後，離開了宿舍搬到父親位於上野櫻木町的別墅。我無論如何就是適應不了團體生活，而且光是聽見「青春的感動」或「年輕人的驕傲」之類的話就令我感到背脊發涼，實在沒辦法追隨什麼高校精神。我甚至覺得無論是教室或是宿舍，都像是扭曲的性慾棄置場，我那幾近完美的耍寶搞笑，在那裡根本無用武之地。

議會休會期間，父親一個月只會在那個家裡待上一兩週。他不在的時候，偌大的家就只有老夫婦管家和我三個人，我動不動就請假不上學，不過也沒什麼瀏覽東京的興致（看來我最後可能連明治神宮、楠正成銅像、還有泉岳寺的四十七義士墓都沒參觀就離開這兒了），成天待在家裡看書作畫。而父親來東京的時候，我每天早上都會匆忙地去上學，但其實是跑到本鄉千駄木町的西畫家——安田新太郎的繪畫教室練習素描，一畫就是三、四個小時。搬出高中的宿舍後，就算去學校上課，我也覺得自己像個旁聽生似的，坐在一個特別的位置上。當然也可能是我自己在鬧彆扭也說不定，總之就是覺得無趣，後來完全沒有去上學的幹勁。我讀了小學、中學、高中，但直到畢業的那天，我終究無法對學校產生向心力，就連校歌我也從沒想過要學會怎麼唱。

不久之後，繪畫教室的某個學生帶我接觸了煙、酒、妓女、當鋪和左翼思想。這些組合雖然看似奇妙，但卻是事實。

那個學生名叫堀木正雄，生於東京的庶民區，比我年長六歲，畢業於私立美術學校，聽說家裡沒畫室，所以才會來這個繪畫教室繼續學西畫。

「借我五圓吧。」

我和他不過數面之緣，在他開口借錢之前，我們連一句話都沒講過。我不知所措地掏出五圓給他。

「走！我們去喝一杯，我請你！好一個美少年呀。」

我拒絕不了他，就這樣被他拉到繪畫教室附近蓬萊町的咖啡廳。而這就是我與他玩在一起的契機。

「我注意你很久了。就是這樣，這種靦腆的微笑，正是大有前途的藝術家特有的表情啊！為我們的友誼，乾杯！阿絹，這傢伙是個美男子對吧？妳可別愛上他喔。就因為這傢伙來了繪畫教室，害我只能屈居第二美男啦。」

堀木膚色稍黑，五官端正，穿著在習畫生中少見的正式西裝，領帶的品味也很素雅。頭髮抹了髮蠟，梳成中分油頭。

因為置身陌生環境，我感到十分不安，雙手一會兒抱胸，一會兒又放下，只能露出靦腆的微笑，但在兩、三杯啤酒下肚後，竟奇妙地有種獲得解放的輕鬆感。

「我本來想讀美術學校的……」

「別！那種太無聊了，簡直無聊透頂！學校太無聊了啦！我們的老師就在大自然之中！在於對大自然的熱情之中！」

可惜他說的話從來沒讓我肅然起敬。我認為他就是個笨蛋，也一定不會畫畫，但若是一起玩樂的話，或許是個好玩伴。也就是說，當時是我有生以來第一次見識到都會裡的無賴。他跟我儘管類型不同，但也是完全游離於人的日常營生之外，也同樣迷失了方向。單憑這點來看，我們的確是同類。他沒意識到自己正扮演著丑角，甚至沒發現那是多麼可悲的演出，那正是他與我在本質上最大的不同。

只是一起玩樂而已，我只把他當成玩伴來往罷了。我經常瞧不起他，甚至偶爾會覺得跟他當朋友很丟臉，但沒想到就在與他交際往來的過程中，我竟被這種男人給擊潰了。

但剛開始我以為他是個好人，難得一見的好人，連害怕人類的我都以為自己在東京找到了好嚮導。其實我有個難言之隱，我一個人的時候，搭電車會怕車掌；歌舞伎座的正面玄關處，有座鋪著紅毯的樓梯，即使我想進去，但我怕並排站在樓梯兩側的帶位小姐；到餐廳用餐時，那些安靜地佇立在身後，等待空盤的侍者也令我畏懼；尤其是結帳時，唉……我總是笨手笨腳的。我並不吝嗇，但當我買完東西準備付錢時，卻老是因為太過緊張、太過害羞、太過不安恐懼而頭暈目眩，覺得世界變得一片漆黑，整個人幾乎要陷入狂亂。更別說殺價了，不光是找的錢忘了拿，甚至連買的東西都常常忘了帶回家。我實在是沒辦法一個人走在東京的街上，所以才會成天都窩在家裡無所事事。

但我只要把錢包交給堀木，和他一起行動的話，堀木不僅會大刀闊斧地殺價，而且該說他很懂得玩樂嗎？付錢的時候，他總能用最少的錢發揮最大的效用，還會避開昂貴的區間定價計程車，巧妙利用電車、公車和蒸氣船，展現在最短時間內抵達目的地的能耐。一大早從妓女戶返家時，他帶我繞去某間料亭泡澡，再以湯豆腐當下酒菜，淺酌一番，實地傳授我如何以優惠的價格，享受奢侈的氣氛。其他還說什麼攤販賣的牛肉飯、烤雞價格雖然實惠，營養卻很豐富，也向我保證醉得最快的酒莫過於「電機白蘭地」。總之就付帳這點，他從不曾讓我有過一絲不安或恐懼。

還有，跟堀木在一起時，最令我輕鬆的是，堀木完全無視於聽者的感受，總是任由他所謂的熱情恣意噴發（或許所謂熱情，就是無視對方的立場也說不定），隨時不停地說著無關緊要的話題，完全無須擔心兩人走累了會陷入尷尬的沈默。一直以來，與人交往時我總隨時警戒，為了不讓恐怖的沈默出現，原本寡言的我，總會看準關鍵時機拚命說笑。但堀木這個笨蛋卻毫無自覺地主動接下炒熱氣氛的工作，於是我也就隨意聽聽，胡亂答腔，只要偶爾笑著說一句「真的假的」就行了。

我慢慢發現到，煙、酒、妓女能夠排遣我對人的恐懼，哪怕僅能維持短暫的片刻，依然是相當不錯的方法。我甚至覺得為了追求這些方法，就算傾家蕩產也在所不惜。

對我而言，妓女既不是人，也不是女性，在我眼中她們就像是白痴或瘋子，在她們懷中我反而能夠完全放心地沈沈入睡，因為她們都近乎悲哀地不存絲毫慾望。她們或許也在我身上感受到近於同類的親切感吧？這些妓女們總是會對我示好，她們的好意毫不做作且不帶一絲壓迫感，是沒有任何算計的好意；不強制推銷的好意；對可能再也不會出現的人的好意。某些夜裡，我甚至在這些白痴或瘋子妓女身上，看到聖母瑪麗亞的光環。

然而就在我為了逃避對人的恐懼，僅求一夜安眠而跑到妓女戶與我的「同類」們玩樂時，不知從何時開始，我身上總是漫著一種不祥的晦氣，而我卻渾然不覺。這個預料外的附屬品正是所謂的「附帶標記」，當這個「附帶標記」漸漸鮮明地呈現於表象，並遭堀木指出時，我不禁愕然並深感不悅。說得直白一點，旁人眼中的我是透過妓女去修習與女人的相處之道，而且近來手腕已練得十分高明。據說此類修行，妓女這一關最難過，但正因如此，所以效果提升得最快。我身上的「風流」氣息已揮之不去，而女性（不僅止於妓女）則本能地嗅到這個氣味主動貼近。這種猥瑣而不名譽的氛圍成了我的「附帶標記」，而這個「標記」的鋒頭，甚至壓過我原本想求得安眠的初衷。

或許堀木是半拍著馬屁說出這些話的，但我心裡卻浮現了許多沈重的回憶。比如說，我記得咖啡廳女侍曾寫了封幼稚拙劣的信給我；櫻木町家隔壁將軍年約二十歲的女兒，每天早上在我上學時，看起來明明沒什麼要緊事，卻總是化了淡妝在自家門口進進出出；去吃牛肉飯的時候，我就算不說話，那裡的女侍也會……；我常去買菸的菸販小姑娘在遞給我的菸盒裡……；去看歌舞伎時鄰座的人……；當我醉倒在深夜的市電車裡時……，也曾無預警地收到老家親戚女兒寫的信，信上滿是真摯的情意……；另外，不知是哪裡的小姑娘，趁我不在家的時候，把看似親手做的娃娃……。由於我極度地消極，所以這一切都僅止於此，就像斷簡殘章，沒有任何後續發展。我身上莫名瀰漫著一種能帶給女人夢想的氛圍，這可不是我自吹自擂隨便說說的笑話，而是個不容否定的事實。被堀木這種人點破時，我感受到了近似屈辱的苦澀，也沒興趣再找妓女們尋歡了。

堀木基於愛慕虛榮的嚐鮮性格（我至今想不到他做這些事會有什麼其他理由），有天把我帶去一個共產主義讀書會的秘密研究會（好像叫什麼R・S的，我記得不是很清楚）。對堀木這種人來說，或許共產主義的秘密集會也只不過是「東京導覽」的其中一個項目罷了。他把我介紹給所謂的「同志」，逼我買下一本小冊子，然後聽一個坐在上位的醜陋青年講解馬克斯經濟學。不過，那些內容聽在我耳中都是老早就知道的事。馬克斯主義或許說得沒錯，但人心卻有著更不可解而更恐怖的東西。說那是慾望卻言不盡意；說是虛榮也未必盡然；縱使把色、慾一併提出，也還是說不盡；我也不清楚到底是什麼東西，但總覺得人世底層中，存在著一種不侷限於經濟、彷彿怪談般的東西，對懼怕那個怪談的我而言，我相當認同那所謂的唯物論，就像認同水會往低處流一般理所當然，但我卻無法藉著唯物論來擺脫對人的恐懼，沒辦法望著綠葉感受充滿希望的喜悅。儘管如此，我倒是從不缺席地參加那個什麼R・S的集會（好像是這麼說的，但也有可能是錯的），看著「同志」們煞有其事、一臉嚴肅地鑽研類似一加一等於二那種近乎基礎算數的理論，我就覺得滑稽至極，於是便極盡能事地使出搞笑本領來舒緩集會的氣氛。也不知道是不是因為這樣，我也漸漸不再感到拘束，甚至成了集會裡不可或缺的風雲人物。或許這些看起來很單純的人們，以為我也跟他們一樣單純，只當我是個樂天搞笑的「同志」，若真是如此，那就代表我完完全全地騙過他們了。我根本就不是同志。但我一定會出席集會，並不斷為大家提供搞笑的服務。

因為我喜歡。因為我非常中意那些人，但不完全是基於馬克斯主義而建立起來的好感。

非法。對我來說，它帶來了一絲絲樂趣，置身其中時，反而覺得愜意。倒是這世間所謂的合法才更可怕（那讓我產生一種預感，感覺有種深不見底的強大東西隱含其中），其中的心機結構相當難解，我無法呆坐在那個沒有窗戶、寒意沁人的房間裡。哪怕外頭是非法的汪洋我都寧可躍身其中泅游至死，那都還令我輕鬆自在。

有種詞彙叫「社會邊緣人」，似乎是指人類社會中可悲的輸家、道德淪喪者，而我覺得我與生俱來就是個社會邊緣人，所以只要遇到被世間歸類到社會邊緣的人，我的心就一定會變得非常寬容，而我那「寬容的心」，溫暖到連我自己都不禁陶醉其中。

還有一個詞彙叫做罪惡感。活在這世間，我終此一生都受到這個意識的折磨，只不過這種意識有如糟糠之妻是個好伴侶，與其和孤獨成雙地寂寞戲耍，或許這正是我的一種生命姿態也不一定。或者又正如有句成語說「難言之隱」，我的難言之隱，打從我出生就自然而然地出現，隨著年歲漸長，不僅沒有治癒，還日漸惡化，深及至骨。雖說夜夜的痛楚如瞬息萬變的地獄，但這個難言之隱（這是個非常奇妙的說法）與我之間卻日漸親密更勝於血肉；我甚至覺得這個難言之隱所帶來的痛苦，就是傷口活生生的情感，也是情意的低語。這也是為什麼對我這樣的人而言，那個地下運動團體的氛圍莫名更令人安心而舒適。換言之，相較於那個運動本來的目的，那個運動的性質似乎更契合我。而堀木呢，充其量就是個愛湊熱鬧的笨蛋，除了在把我介紹給集會的人時去過一次之外，就只會天花亂墜地編排些拙劣的藉口，說什麼他這個馬克斯信徒在研究生產層面同時也須要考察消費層面，之後便一次都不再靠近那些集會，只在訪視消費層面的時候才找我。想想，當時的馬克斯信徒還真是五花八門，有像堀木那種基於虛榮的時尚感而自詡為馬克斯信徒的；也有像我這種單純只是傾心於非法的氛圍就坐在那裡的人。如果這些真相被真正的馬克斯主義信徒識破了，相信不管是堀木或我，都必定受到烈火般的斥責，同時被視為卑劣的叛徒，進而馬上就會遭到驅逐吧。可是不僅是我，連堀木都遲遲沒有被除名。尤其是我，相較於紳士們所處的合法世界，置身非法世界反而讓我更如魚得水，而能所謂「健康正常」地與人互動。為此組織視我為未來有望的「同志」，把過度保密到令人發噱的各種事務都交給我處理。事實上我也從未拒絕過這些工作，只是一無所謂地照單全收後，既沒有橫生波折引來「警犬」起疑盤查（同志都稱警察為「警犬」）導致事跡敗露；一般我也都只是保持微笑，再不就是在逗人發笑的同時，正確無誤地完成那些他們號稱為危險的工作（從事那個運動的人，總是如臨大敵地緊張兮兮，甚至還蹩腳地模仿偵探小說來個極度警戒。偏偏交給我的工作都無聊到笑死人。即便如此，他們總是經常性地認為這些工作相當危險而神經緊繃）。當時我真正的想法是，就算成為黨員遭到逮捕而必須終身監禁在牢裡，我也無妨。我甚至想過與其因為恐懼世人的「現實生活」，而被打入輾轉不成眠的地獄夜夜呻吟，乾脆去坐牢搞不好還輕鬆一點。

父親雖然與我同住在櫻木町的別墅，但因客人來訪或他外出，有時長達三、四天都未必能跟我見得上一面。即便如此，我還是覺得父親很礙眼、可怕，正當我想離開家找個地方寄宿又說不出口的時候，從別墅的管家爺爺口中聽說父親打算賣掉這幢房子。

父親的議員任期即將屆滿，基於種種原因似乎無意再出馬競選，加上故鄉也蓋了一棟隱居用的房子，我看他對東京已然沒有眷戀，但為了一個像我這樣才高一的學生提供一座宅邸和傭人也太過奢侈，不知是不是這個原因（之於我，父親的心思與世間所有人的想法都一樣難以理解），總之那座宅邸即將轉手，於是我搬到本鄉森川町一棟叫做仙遊館的陰暗公寓，並在沒多久之後，馬上就陷入缺錢的窘境。

在那之前，父親每個月都會親自給我定額的零用錢，儘管那些錢兩三天就花光了，但是家裡菸、酒、乳酪、水果等東西唾手可得，書籍文具或其他服裝相關的所有一切，也隨時都可以到附近店家「賒帳」。包括請堀木吃個什麼蕎麥麵或炸蝦飯的，只要到支持父親的城裡餐館，就算我吃完默不作聲的走出餐館也都不會有什麼關係。

然而突然地，我就必須一個人住到普通公寓，所有開銷都只能用每個月家裡定額寄來的錢，我慌了。家裡寄來的錢依舊兩三天就花得一乾二淨，我害怕不安到快要發瘋，於是接二連三地交相發電報和說明原委的信給父親和兄姊（信件提及的狀況全都是瞎掰虛構的，因為我覺得有求於人時，總得要先把對方逗笑才是上策），同時在堀木的引導下，我也很快地就開始進出當鋪，即便如此，手頭經常還是相當拮据。

我終究沒能力住在這個無親無故的公寓裡獨自生活。我害怕一個人靜靜地待在公寓房間裡，彷彿隨時都會有人冷不防地給我一擊的感覺，促使我要不逃到城市裡參加那些學運，要不就是跟堀木到處喝廉價的酒。所有的學業，包括繪畫我都幾乎放棄了。進入高等學校第二年的十一月，我又因為跟比我年長的有夫之婦鬧出殉情事件，使得我的一切全然改觀。

儘管沒到學校上課，各學科也念都沒念，妙的是我就是深諳答題的技巧，所以一直以來都還能騙得過故鄉的親人。不過由於缺席天數眼看著也快爆表，學校暗地裡寄了封通知信給故鄉的父親，為此大哥還代父親寄了一封嚴厲冗長的家書來給我。但相較於此，我最直接的痛苦還是沒錢。除此之外就是那個學運的事務實在是太忙，忙到我無法吊兒郎當地面對。忘了是中央地區還是什麼地區的，總之我變成了本鄉、小石川、下谷、神田一帶的學校中所有馬克斯學生的行動隊長，一聽到「武裝蜂起」，就得去買小刀（現在想想，充其量不過就是拿來削鉛筆都未必好用的小刀）來藏在雨衣口袋裡，然後到處奔走進行所謂的「聯絡」。我想喝酒並沈沈地睡個好覺，可是我沒有錢。而且P（我記得這是稱呼黨的暗號，可能也未必正確）那邊幾乎接二連三地有事給我做，讓我毫無喘息機會。我本來就體弱多病，實在是不堪負荷。原本只是基於對非法的興趣才幫忙那個組織的，像這樣弄假成真地忙得不可開交，讓我不禁火冒三丈地想對P那些人說：有沒有搞錯啊！應該叫直屬你們的那些人去做吧！可是我做不到，所以我逃了。但逃避還真不是好過的，於是我決定去死。

當時對我特別好的女人，有三個。一個是寄宿公寓仙遊館的女兒。在我幫那個學運幫到累癱了回宿舍吃過飯睡了之後，這女孩一定會帶著信紙跟鋼筆到我的房間來說：

「不好意思，樓下我弟妹吵得我沒辦法好好寫信。」

之後就對著我的桌子寫一個小時以上。

我呢，明明不當一回事地睡我的就好了，偏偏那女孩好像就是希望我跟她說些什麼似的，所以我只好發揮我那為人犧牲奉獻的精神，儘管其實一句話都不想說，還是硬打起精神，挺起累到筋疲力盡的身體，趴著點了根菸。

「聽說有個男人拿女人寄給他的情書燒洗澡水耶。」

「唉！討厭！應該就是你吧？」

「拿來煮牛奶我倒是做過。」

「那可真是榮幸，你煮去喝吧！」

這人怎麼不早點走啊？寫什麼信啊，早都看穿了，八成只是在畫鬼臉塗鴉。

「給我看看。」

明明死都不想看，我還是開口這麼說。那女孩嘴裡哎呀不要不要地推託著，實際上卻高興到不行的樣子簡直醜陋到了極點，令人倒盡胃口。這時我靈機一動，想到找個事給她做。

「不好意思，能不能請妳到電車那條路上的藥房去幫我買加眠錠？我實在是太累了，累得臉發燙反而睡不著。真是不好意思，錢……」

「不用了啦，講什麼錢啊！」

她開心地起身。女人絕對不會因為男人找事讓她做而感到失望，反而會因為受託於男人而喜不自勝。這件事，我早就了然於心。

另一個是女子師範大學的文科生，是所謂的「同志」。為了那個學運，我跟這個人再不樂意也會每天見面。會議結束後，這個女人總跟著我走個不停，而且還經常地買東西送我。

「你就當我是你親生的姊姊就好了。」

她做作得讓我渾身打冷顫。

「我就是這麼想的。」

我露出略帶憂愁的微笑回答她。總而言之，別惹毛她們，那是很可怕的，無論如何都得矇騙過去。僅為了這一個念頭，我終究還不能不對這個醜陋又討厭的女人有所奉獻，並且在她買東西給我的時候（她買的淨是些品味極差的東西，我通常都左進右出地送給賣烤雞肉串的老闆），開心地堆著笑臉，說些笑話逗她笑。某一個夏夜，因為她無論如何就是不離開，而我又太希望她回家去，逼不得已只好在城市陰暗的角落吻了她，未料她興奮得幾近發狂，叫了車就把我帶到一棟大樓，那裡有個類似辦公室的狹長房間是她們為了秘密運動租賃的，我們在那裡折騰到早上，讓我不禁苦笑：好一個姊姊啊！

寄宿公寓的女孩也好，這位「同志」也罷，礙於每天都得見面，不像過去的某些女人可以巧妙避開，在慣常的不安使然之下我虛與委蛇，終至淪落到不得不拚命討好這兩個女人的下場，狀態儼然鬼壓床一般。

同一個時期，銀座某大咖啡座的女服務生，始料未及的施恩於我，於是儘管只有一面之緣，我還是掛意她給我的恩情，而感受到幾近動彈不得的憂心與無可言喻的恐懼。當時沒有堀木陪，我也已經有能力獨自搭乘電車，也敢一個人到歌舞伎町了。除此之外，我多多少少也學會了偽裝，而能厚臉皮穿著飛白的和服走進咖啡座。雖然心裡仍一如往常地無從理解人們的自信與暴力，並為此而恐懼煩憂，但表面上已漸漸能夠誠懇地與人打招呼。不，不對，個性上，我始終必須透過失敗的戲謔苦笑才能與人問候。總之，即便是拚了命手忙腳亂地寒暄，最終我還是學會了這個「伎倆」，該說是拜為學運奔走所賜？還是因為女人？或是酒？總之主要是託沒錢的福而多少學到了些。不管在哪裡，我都恐懼。既然這樣，該不會到大咖啡座混在眾多的醉客或男女服務生中隨他們翻滾，我這永無止盡被追著跑的心反倒還安定些？於是我拿著十塊錢，獨自走進銀座的大咖啡座，笑著遞給那個女服務生說：

「我就只有十塊錢，麻煩妳了。」

「放心。」

她說話帶點關西腔。而她的那一句話不可思議地讓我因恐懼而顫抖的心安靜了下來。不，不是錢不錢的關係，而是我感覺到待在她身邊，我好像就不需要擔心了。

我喝酒。因為她讓我安心，我反而無心搞笑，並毫不掩飾地在她面前顯露出本性的沈默陰暗，默默地啜著酒。

「這些，你愛吃嗎？」

女人在我面前擺了各式的菜餚。我搖了搖頭。

「只喝酒啊？那我也來喝。」

那是個寒冷的秋夜。我遵照常子（記得是這個名字。記憶淡了，不太肯定。我就是這種人，連一起殉情的人叫什麼名字都記不清）的吩咐，坐在銀座偏巷的壽司攤吃著一點都不美味的壽司等她（即便忘了她的名字，不知道為什麼，唯有當時那壽司難吃的味道，還清楚地留在記憶之中。連長得像日本錦蛇的光頭師傅，搖頭晃腦煞有其事假裝很厲害地捏著壽司的樣子，回想起來都還印象鮮明地歷歷在目。甚至多年後，比如說搭電車時看到好像在哪見過的人，絞盡腦汁地想啊想，一會兒想起原來是像當時的壽司店師傅時，我都不禁苦笑。諸如此類的事常發生。在她的名字、甚至長相都從記憶遠去的現在，唯獨對那個壽司攤老闆的長相記憶猶新到拿起筆都還畫得出來，可見那壽司難吃的程度帶給當時的我多少寒意與痛苦。不過就算有人帶我到美味的壽司店去吃壽司，我也從來都不覺得好吃過。壽司都做得太大了。當時我總想，難道不能捏成拇指般大小就好嗎？）。

她租的住處在本所區木工店的二樓。我在那個二樓毫不隱藏平日的陰鬱，隻手撐著臉頰，彷彿忍受著劇烈牙疼般地啜著茶。這樣的姿態，似乎反而令她傾心，而她渾身散發出的氛圍，則彷彿晚秋的冷冽寒風吹得落葉狂舞般，完全地遺世而獨立。

同床共寢時，她說她比我年長兩歲，還說：「我故鄉在廣島，而且我是有丈夫的，原來在廣島開理髮廳，去年春天一起逃家到東京來，可是在東京我先生卻不好好工作，後來竟然還犯了詐欺罪被關到監獄裡。我每天總會弄點什麼東西送到監獄去給他，可是明天起我不去了。」只是我不知怎的，個性上對女人的出身故事就是一點都不感興趣。可能也歸咎於那女人不會說話，錯置話題重點，總之我經常就是馬耳東風，左進右出。

寂寞。

女人敘述出身背景的千言萬語，都不如一句低語呢喃更能喚起我的共鳴。儘管如此心存期待，卻終究不曾從這世界上任何女人的口中聽過這樣的一句話，這讓我詫異且不可思議。然而她雖不曾說過「寂寞」這個詞彙，卻好像有一吋左右的氣流繞著她形成身體外圍的輪廓，強烈散發著無言的寂寥。靠著她，我的身體會被她的氣流包覆，恰到好處地融合我多少帶點刺的陰鬱氣流，而如「附著於水底岩石的枯葉」般，我的身體終得以脫離恐懼與不安。

這與安心沈睡在那些白癡妓女懷中的感覺又截然不同（主要的是，那些妓女們都是開朗的）。與那個詐欺犯的人妻共度的一夜，是幸福（如此毫不猶豫又肯定地使用這麼誇張的詞彙，我想在我的這本手記裡，是絕無僅有的了）又如釋重負的夜晚。

不過，僅止一夜。早上醒來，躍身而起，我又恢復原本輕薄、偽裝搞笑的樣子。弱者連幸福都會害怕，棉花都能使其受傷，有時候連幸福也會帶來傷害。我急著在還沒受傷前就盡早分開，於是又開始慣常地放出搞笑的煙幕。

「所謂錢盡緣盡啊，這句話的解釋呢，是反過來的。意思不是男人沒錢了就會被女人甩掉，而是男人一旦沒了錢，就會自顧自地意氣消沈，一蹶不振，連笑的聲音都顯得無力，莫名奇妙地鬧彆扭，弄到自己破破爛爛了之後，就把女人給甩了，半瘋狂地甩啊甩啊甩得徹徹底底的，金澤大辭林是這麼寫的啦，真悲哀。可是我啊，懂這種心情。」

記憶中，我的確曾經胡謅過這樣的傻話，逗得常子大笑不已。久留無益，害怕到臉都不洗，只想盡早打退堂鼓而胡言亂語的「錢盡緣盡」，到頭來竟引發了一個意想不到的事端。

在那之後一個月，我沒去見過那一夜的恩人。分開後，隨著時日漸增，喜悅淡去之後，露水姻緣反而更令人無以言喻地恐懼。我自顧自地感受到嚴重的束縛，甚至漸漸地連在咖啡座花的錢全都給常子去負擔這類的瑣事，都開始在意起來，進而認定常子終究跟寄宿公寓的女孩或那個師範大學的女學生一樣，都是只會逼迫我的女人。儘管相隔遙遠，我卻無時不對常子心存恐懼。再加上擔心與曾經同床共枕的女人重逢時，恐有遭受烈火焚身般責罵的可能，此類種種都讓我忍不住惴惴不安而嚴重地意興闌珊，所以便漸漸地對銀座退避三舍。只不過之所以意興闌珊，絕不是因為我狡猾，是因為女人在生活中，晚上睡了之後的事與清晨醒來之後的事，兩者之間竟可以連塵埃大的關連都沒有，彷彿忘得一乾二淨似的，她們絕妙地將世界一分為二。我對這不可思議的現象，還無法有透徹的理解。

十一月底，我跟堀木在神田的路邊攤喝廉價的酒。這位損友在走出那個攤位後，說要再找個地方繼續喝，明明我們都已經沒錢了，他還是「喝吧！喝嘛！」地糾纏不清。當時，我因為喝醉了，膽子變大了，便說：

「好！那我就帶你去夢境！別嚇到喔！那個叫酒池肉林的……」

「咖啡座嗎？」

「對！」

「走！」

就這樣，我們搭上市電車，堀木大鬧著說：

「我今天晚上很想要女人，我可以吻那些女服務生吧？」

其實我並不喜歡堀木露出這樣的醉態，堀木也知道這一點，所以才會故意先把話說在前頭。

「聽好喔！我要吻喔！坐在我身邊的女服務生，我一定吻給你看！好吧？」

「應該沒關係吧。」

「感激不盡！我實在是太飢渴了！」

在銀座四丁目下了車，透過常子的幫忙，我們身無分文地進到那家號稱酒池肉林的咖啡座，在空著的包廂跟堀木面對面坐下來的當下，常子就跟另一位女服務生跑過來。另一位女服務生在我身旁坐下來，常子則一屁股坐到堀木旁邊，讓我不覺心頭一驚。常子等一下會被吻。

那不是一種捨不得的心情，我原本就沒有什麼佔有欲，就算偶爾有點覺得捨不得，也不敢毅然決然地捍衛所有權，更沒有力氣與他人爭奪。後來在我沒正式過門的妻子受到侵犯時，甚至都只是默默地看著而已。

我盡量地不去碰觸人性的糾葛，因為害怕被捲入那樣的漩渦之中。常子跟我，只有一夜情，她不屬於我，所以我不可能會有捨不得的欲望。可是我的心卻揪了一下。

看著眼前被堀木激吻的常子，我為她覺得可憐。儘管我在瞬間為常子的不幸心驚，想著或許被堀木玷污的常子跟我必須就此分手，加上我也缺乏挽留常子的積極熱情，啊啊！所以只能就此結束了，不過我卻也彷彿水往低處流般自然地放棄，只是交替地看著堀木和常子的臉，嘻嘻地笑著。

誰知，情況卻出乎意料之外地急轉直下。

「夠了！」

堀木歪著嘴巴說：

「我再怎麼著，這女人窮酸成這樣……」

堀木一副不知道該怎麼形容的樣子，雙手抱胸打量著常子苦笑。

「拿酒來！可是沒錢。」

我小聲地對常子說，卻有種極欲狂飲到整個人都泡在酒裡的心情。就世俗的眼光來看，常子只是一個窮途潦倒到不值得醉漢親吻的女人，但這件事對我卻竟然、出乎意料之外地有如晴天霹靂。我史無前例地喝了又喝，一喝再喝，爛醉如泥地和常子面面相覷，悲哀地相視而笑。聽到堀木說的話之後，看著常子著實覺得這女人實在是疲憊窮酸得太不平常的同時，同等拮据的親切感（儘管貧富的衝突看似陳腐，現在的我卻認為那是戲劇永遠的題材之一），那同是天涯淪落人的情感猛地湧上心頭，讓我對常子產生無限愛憐。儘管微弱，卻是我有生之年第一次主動察覺到自己動了情。我吐了，不省人事。喝到醉得連自己是誰都一無所知，那還是第一次。

醒來時，常子坐在枕邊。原來我睡在本所木工二樓的房間裡。

「說什麼錢盡緣盡的，還以為是開玩笑，原來當真啊！都不來看我！分手的藉口還真複雜。我賺給你花，不行嗎？」

「不行。」

那之後，女人睡了。黎明時分，女人第一次從口中說出「死」字。身為一個人，她似乎活得筋疲力盡了。我也在思及對這世界的恐懼、煩惱、金錢、那個學運、女人、學業時，覺得再也無力活著忍受這些，便輕易地答應了她的提議。

可是其實當時我並沒有真正「想死」的覺悟，感覺隱隱地還帶點「玩心」。

那天早上，我們在淺草六區晃蕩，進到咖啡廳喝了牛奶。

「錢就由你來付吧。」

我站著從袖口拿出錢包，打開後發現只有三個銅板。一股更甚於羞恥的悲慘猛然襲來，腦中旋即浮現我在仙遊館的房間。那裡只剩下制服跟棉被，房間荒涼到沒有任何可供典當的東西，除了那些之外，就只有我現在身上刷著飛白紋路的和服和斗蓬。這就是我的現實，我清楚地覺悟到，我活不下去了。

看我磨磨蹭蹭的，女人站起來探了一眼我的錢包。

「唉呀，就這一點啊？」

說者無意，但這又讓我痛到骨子裡去了。正因為那是我第一次愛上的人所發出的聲音，所以讓我更痛。什麼這一點那一點的，三個銅板根本不是什麼大不了的錢，但那是我未曾體驗過的奇恥大辱；讓我再也活不下去的恥辱。說穿了，或許當時的我根本還是尚未脫離富家少爺的物種。卻也就是那個當下，透過那確切的感受，我決定主動尋死。

那天晚上，我們跳進了鎌倉的海裡。女人說衣帶是跟店裡朋友借的，所以就解下來摺好放在岩石上。我也脫掉斗蓬放在同一個地方，一起跳進海裡。

女人死了。只有我獲救。

由於我是高等學校的學生，再加上父親的名聲似乎多少有點所謂的新聞價值，所以被報紙當成一個大事件大肆報導。

我被收留在海邊的醫院，有一個親戚從故鄉趕來幫我處理諸多善後，並告訴我父親和家裡所有人都非常生氣，很有可能就此跟我恩斷義絕，說完他就回去了。可是相較於這些事，我更想念死去的常子。為此我窩囊地哭個不停。因為在所有人當中，我真的只喜歡那個窮酸的常子。

寄宿公寓的女孩寫了多達五十首短歌的信來。五十首短歌，全都以「請你活下去吧」這種奇怪的句子起頭。還有護士們也會帶著開朗的笑容到我的病房來玩，有些護士甚至會在離開前緊緊地握一下我的手。

那家醫院發現我的左肺有問題，對我來講這真是再好不過的事了。後來當警察以協助自殺的罪名把我從醫院帶到警察局時，我也被視為病人而特別拘留在保護室裡。

深夜，保護室隔壁的值班室裡，當班不睡覺的老警察輕輕推開了房間的門。

「喂！」

他對我說：

「冷吧？過來這裡暖和一下。」

我刻意垂頭喪氣地走進值班室，對著火爐坐到椅子上。

「你應該很想念死掉的那個女人吧？」

「嗯。」

我故意氣若游絲地回答他。

「這才叫人情。」

他開始侵門踏戶愈問愈多。

「第一次跟女人發生關係是在哪啊？」

裝腔作勢的問話方式簡直跟法官一樣。他看我乳臭未乾而小覷我，趁著百無聊賴的秋夜，一副自己就是檢調主任似地企圖引我侃侃抒發風流韻事。我早就看穿他了，忍住不讓自己爆笑出來還費了我好大一番力氣。儘管我也清楚對警察這種「非正式的問話」一概拒絕回答也無妨，但表面上我還是恭敬地展現所謂的誠意，在足以稍稍滿足他好奇心的程度下隨便「陳述」了一下，一副我堅信他就是檢調主任，刑罰輕重全繫於他一念之間的樣子。

「嗯，這樣我大概都知道了，我會幫你說話，就說你很誠實地有問必答。」

「謝謝您，麻煩您了。」

真是出神入化的演技。這是一個對自己完全毫無益處、淋漓盡致的演出。

天亮之後，我被署長叫去。這一次，是正式調查。

打開門，一進到署長室就聽到：

「哦，帥哥。這件事啊，還真不是你的錯，都怪你母親把你生得太帥了。」

這位署長，膚色稍黑，看似大學剛畢業還很年輕。突然聽到他這麼說，我頓時覺得自己好像半張臉長滿紅斑的醜陋殘障者，感覺很狼狽。

這位看似柔道或劍道選手般的署長，調查手法非常俐落，跟深夜老警察那偷偷摸摸又死纏爛打的「問訊」簡直天壤之別。問完話，署長一邊寫著送交檢事局的文件一邊說：

「不保重身體不行喔。看你都咳出血痰了。」

那天早上，咳得很不尋常。我通常一咳嗽，就會用手帕摀住口，那天手帕上附著了些紅霰似的血跡，不過那不是喉嚨咳出的血，而是我昨夜摳了耳下長出來的痘瘡，那是痘瘡的血。可是我突然閃過一個念頭，覺得不明說對自己比較有利，所以便只是垂著眼一臉正經地回答：

「是。」

署長寫完文件說：

「會不會起訴由檢察官決定，不過還是要打電報或電話拜託保你的人日內來一趟橫濱檢事局。你應該有吧？監護人或保證人之類的。」

我想起學校的保證人。他叫澀田，經常出入父親位於東京的別墅，是一位古董書畫商。他跟我們同鄉，感覺像是為父親抬轎的，身材五短，四十歲單身。他的長相，尤其是眼神特別像比目魚，所以我父親都叫他比目魚，我也習慣這樣稱呼他。

我向警察借電話簿查了比目魚家的電話號碼，查到之後打電話給比目魚，請他到橫濱檢事局來。沒想到比目魚講話的口吻竟跩得跟變了個人似的，雖然到頭來還是答應來接我。

「喂，他剛剛才咳出血，電話要馬上消毒啊！」

我被帶回保護室之後，署長吩咐警察們的大嗓門，哪怕坐在保護室裡也都還傳到我的耳中。

過了中午，我身體被細細的麻繩綁著，雖然獲准用斗蓬遮住，不過年輕的警察還是緊緊地握著麻繩的一端，跟我一起搭電車到橫濱。

然而我不僅沒有絲毫的不安，還懷念起警察局的保護室和老警察。唉！我到底是怎麼了？明明被當犯人綁著，卻感覺鬆了一口氣地悠然沈著。即便現在提筆追憶當時，心情都還是怡然自得地愉快。

不過，在當時令人懷念的記憶之中，唯獨有那麼一個失敗叫我冷汗直冒，終生難忘。我當時在檢察官廳陰暗的一個房間內接受檢察官簡單的調查。檢察官是一位年約四十，寡言鎮定（如果我算英俊，應該一定也是種所謂邪淫的俊俏。那位檢察官的長相充滿聰明沈靜的氣質，讓我想用相貌堂堂來形容他的俊美），人品也顯得落落大方，所以我毫無戒心，無可無不可地陳述著。突然間，我又開始跟先前一樣咳了起來。從衣袖掏出手帕，猛然看見血跡時我又卑鄙地起心動念，想著或許這一咳能再讓我佔一點什麼便宜，於是便誇張地再咳、咳地多假咳了兩聲，然後直接拿手帕摀著口地瞥一眼檢事。

就在這瞬間！

「真的假的？」

他的微笑無比冷靜，嚇出我一身冷汗。不，眼前光是回想，都還是讓我慌得坐立難安。傻瓜竹一在中學時說我故意、假裝時，我感覺好像被人從背後推了一把、直踹到地獄裡。若說這次更勝於那次，也絕非言過其實。那次，還有這次，是我這一生的演技紀錄中最嚴重的兩大失敗。有時我甚至會覺得與其遭受檢察官那麼冷靜的侮辱，不如乾脆判我十年刑罰還好一點。

我被判緩刑。可是我一點都不開心，反而帶著悲哀至極的心情，坐在檢察官廳的椅子上等著保我出去的比目魚來。

身後高懸著的窗外可見晚霞滿天，海鷗正以「女」字之姿翱翔。

第三手記

一

竹一的預言，一個應驗了，一個則沒中。女人會迷戀我的不光彩預言，被他說中了；一定會成為偉大畫家的祝福預言，則沒中。

我最後只成了一個沒沒無聞的低級雜誌漫畫家。

因為鐮倉的事件被高中退學之後，我搬到比目魚家二樓那三帖榻榻米大的房間，家裡每個月會寄微薄的錢來，不過不直接寄給我，而是悄悄送到比目魚那裡（看來是故鄉的兄長們背著父親偷偷送給我的），除此之外我跟家裡完全斷了聯繫。而比目魚總是一臉不悅，就算我陪著笑臉他也不笑。原來如此，人的態度轉變就跟翻書一樣簡單，其變化之大，令我不禁覺得膚淺，不，應該說是滑稽。

「不能出去喔！總之，別出門。」

他只會對我說這句話。

比目魚好像認定我會去自殺，也就是說他看準了我有追隨女人再次跳海的疑慮，所以嚴格禁止我外出。但我既沒酒喝也沒菸可抽，從早到晚，就只能窩在二樓三帖榻榻米大的房裡看舊雜誌，過著有如傻瓜的生活，我根本連自殺的力氣都沒了。

比目魚住在大久保的醫專附近，儘管招牌上冠冕堂皇地寫著「書畫古董商・青龍園」，但只不過是一棟兩戶建築的其中一戶。它不僅店門狹窄，店內還滿佈灰塵，淨擺些不值錢的破銅爛鐵（不過，比目魚並不是靠這些破銅爛鐵做生意，好像是靠他長袖善舞把這家老闆私藏的所有權，轉讓給另一家叫什麼老闆的賺點錢）。他幾乎不坐在店裡，通常一大早就板著一張臉匆匆出門，只留一個十七、八歲的男孩看門。男孩等於是來監視我的，雖然他一有空檔，就會在外頭跟附近的孩子玩傳接球，但他似乎把我這個寄宿在二樓的人當成笨蛋或神經病，會擺出大人的架式對我說教。由於我生性無法與人爭辯，只好一臉疲倦、再不就是裝出欽佩的模樣，傾聽服從。這男孩好像是澀田的私生子，而且基於特殊的原因，澀田並不以所謂的父子相稱。另外，澀田一直維持單身的理由，似乎也跟這件事有關。我依稀記得以前好像聽過家裡的人針對這件事有些耳語，不過我向來對他人的家務事沒什麼興趣，所以並不清楚詳情。只是那男孩的眼神也莫名地讓人聯想到魚眼睛，或許他真的是比目魚的私生子，不過……若真是如此，他們這對父子的關係也實在是太冷淡了。曾經有個深夜，他們背著二樓的我叫了蕎麥麵之類的外送，卻吃得兩相無言。

比目魚家通常由男孩做飯。只有我的飯菜會另外放在托盤，一天三次，端上來給我這個寄居二樓的食客。而比目魚和男孩，則在樓梯下一間四帖半榻榻米大的陰森房間裡，鏗鏗鏘鏘地碰撞著小碗小盤，把一頓飯吃得異常忙碌。

三月底的某個黃昏，不知道比目魚是找到了什麼賺錢的門路，還是別有居心（就算這兩項猜測都沒錯，恐怕除此之外還有其他瑣碎的原因，那是我這種人怎麼猜也猜不透的），他難得地把我請下樓一起吃飯，餐桌上放了酒壺等佳餚。設宴招待我的主人自己對著不是比目魚而是鮪魚的生魚片發出讚嘆，並向我這個發呆的寄宿者勸了一下酒後開口問：

「你到底有什麼打算？以後該怎麼辦？」

我沒有回答這個問題，只是從桌上碟子裡夾起一片沙丁魚乾。看著那些小魚的銀色眼珠時，醉意漸漸湧上，我開始懷念起四處玩樂的時光，甚至開始想念起堀木，我愈來愈渴望「自由」，突然一陣熱淚盈眶，差點就要低聲啜泣。

來到這個家之後，我連說笑的力氣都沒了，能做的只有委身於比目魚和男孩的鄙視中。比目魚看似刻意避免與我交心長談，我也沒興趣追著比目魚傾吐什麼，於是大部分的時候都任自己化身為表情呆滯的寄宿者。

「所謂緩起訴，不會留下什麼前科，所以只要你一個轉念就可以重新來過。要是你有心反省，願意誠心來跟我商量，我也可以想想看。」

比目魚說話的方式，不，世間所有人說話的方式，怎麼都這麼複雜而模稜兩可，有種類似規避責任的複雜。對於那些大多沒什麼益處的嚴重警告，以及你來我往多到簡直無以計數而令人生厭的討價還價，我總是無所適從，終至變得一無所謂，要不就搞笑呼攏過去，要不就採取所謂戰敗姿態，不發一語地點頭，然後聽任他人安排所有的一切。

其實當時比目魚，只需要對我大概簡單做些如下的說明就好了。幾年後當我得知真相，對比目魚多餘的戒心，不！應該說是世人令我難以理解的虛榮和故做姿態，實在讓我感到無以言喻的憂鬱。

當時比目魚只要跟我這麼說就好了。

「不管公立或私立，總之四月起你就去上學。都說好了，只要你去上學，家裡就會寄更多的生活費來給你。」

我在許久之後才知道其實不過就這麼一回事，而我應該也會遵從那樣的安排。誰知道壞就壞在比目魚小心翼翼拐彎抹角的說話方式橫生了枝節，結果把我的人生方向整個一百八十度地全都給改了。

「如果你不想認真地來跟我商量，那就沒辦法了。」

「商量什麼？」

我真的一點頭緒都沒有。

「就是你放在心裡的事啊。」

「比如說什麼？」

「比如說，你未來想怎麼辦？」

「你的意思是，去工作比較好嗎？」

「不是，是你到底怎麼想？」

「可是，就算要去上學……」

「那當然少不了要錢，但問題不在錢，在你怎麼想。」

錢，家裡會寄過來。到底他為什麼就是沒說這一句呢？只要那一句話，或許我就能下定決心，偏偏當時就彷彿身陷五里霧中，摸不著頭緒。

「怎麼樣？你有什麼未來的希望之類的嗎？照顧一個人有多難，被照顧的人是不會知道的。」

「對不起。」

「是說，我還真是擔心。我既然答應要照顧你了，自然就不希望你無可無不可地待在這裡，總還是希望你讓我知道你有所覺悟，會好好走下去重新做人。比如說你未來的方向，如果針對這一點由你誠懇地來找我商量，我是打算有所回應的。反正幫你的是我這條窮比目魚，所以如果你期待過得跟以前一樣奢侈，自然無法如你所願，但是如果你意志堅定，確立了未來的方向來跟我商量，哪怕是慢慢的都好，我都希望助你重新做人。你懂我說的嗎？說到底，這往後你想要怎麼辦？」

「如果這裡的二樓留不得我，那我就去工作……。」

「你講這話是認真的嗎？現在這世道，就算是帝國大學畢業……。」

「不，我不是要去當上班族。」

「那是要做什麼？」

「我要當畫家。」

我毅然決然地說出口。

「蛤？」

比目魚縮著脖子笑，當時臉上閃過的陰影有多狡猾我忘都忘不了。他的笑如輕蔑的影子，又似是而非。若將世間比喻成汪洋，海深千尋之處彷彿有那奇妙的影子浮游其中，那是個讓我彷彿偷窺到大人生活最深處似的笑容。

這樣根本談不成什麼，你要振作一點，好好想想，今天晚上就認真地思考一下。聽完這些，我便有如受到驅逐似地回到二樓，躺下睡覺腦子也沒能浮現什麼特別的想法。就這樣在黎明時分，我從比目魚家逃走了。

傍晚一定回來。我去朋友家找他商量未來的方向。請別擔心，真的。

我用鉛筆大大地在信紙上寫了這些字，並註明淺草堀木正雄的姓名地址後，偷偷離開比目魚家。

我不是生氣比目魚對我說教才離家出走的。其實是因為我正如比目魚所言，是個沒有確定志向的男人，不管是針對未來方向或其他一切，我全都一籌莫展。再加上長此以往地寄居比目魚家，也覺得比目魚很可憐，未來就算我發憤圖強立定志向了，想到要讓那條貧窮的比目魚每個月都來資助我重新做人，我就難過得坐立不安。

不過我也不是真心想去找堀木商量所謂的「未來方向」才離開比目魚家的。哪怕是一點點須臾的片刻都好，我都想讓比目魚安心，（留下這封信，其實是參考偵探小說的策略，讓我可以趁著這段時間多少逃得更遠一點，不！儘管的確有些許這種想法，但說到底，我只是單純害怕突然間帶給比目魚衝擊會讓他搞不清楚狀況而手足無措。這個說法應該正確一點。我可悲的怪癖之一，是即便終究會被識破，還是會因為不敢實話實說而加以掩飾。雖然這就像被世人稱之為「說謊」並鄙視著的性格，但我幾乎不曾為了一己的利益而進行這樣的矯飾，我只是因為氣氛變得掃興的瞬間實在是叫人恐懼得喘不過氣來，所以明知後續發展對自己不利，大部分的時候我還是會一如往常地「拚命地提供服務」，哪怕那些話被扭曲得無力而愚蠢，我也會基於服務他人的心態而多一句修飾。只可惜這習性卻也被世間所謂的「老實人」大加利用）所以當時記憶底層突然浮現堀木的地址和姓名時，就順勢隨手地寫在信末了。

離開比目魚家走到新宿，我賣掉懷裡的書，但還是不知何去何從。我對所有人都很親切，同時卻未曾感受過所謂的「友誼」，堀木那樣的玩伴另當別論。所有的人際往來，讓我感覺到的只有痛苦，為了舒緩這個痛苦，我拚了命地搞笑演出，卻反而弄得疲累不堪，連在路上看到極為少數認識或長相極為相似的人，瞬間都會彷彿受到不快的恐懼襲擊般，驚恐得頭暈目眩。雖然知道別人喜歡我，但我某些地方卻似乎欠缺了愛人的能力。（我本來就相當懷疑世人是否真有能力去「愛」）這樣的我，當然不可能有所謂的「摯友」，就更不要說我甚至連「拜訪」的能力都沒有。別人家的大門對我來說感覺比神曲的地獄之門還要陰森，一點都不誇張，我甚至都能感覺到惡龍之類的血腥異獸在那扇門後蠢蠢欲動。

跟誰都沒有交情。無處可去。

堀木。

還真是弄假成真。如留下的那封信所寫，我決定到淺草去找堀木。一直以來，我一次都不曾主動到堀木家去過，通常都是打電報把堀木叫到自己這裡，但現在連電報費都很拮据，而且出於落魄的自卑感，我心想光打電報堀木可能也不會來，所以就決定做一次對我來說比什麼都困難的「拜訪」，並在嘆了一口氣之後搭上了市電車。領悟到這世界上我唯一的依靠竟是堀木時，有種背脊發涼的可怕氛圍迎面襲來。

堀木在家。他家位在骯髒巷弄裡的兩層樓建築，堀木住在二樓唯一的一間房間，約六片榻榻米大。樓下住的是堀木年邁的雙親和年輕工人，他們三人在那裡又敲又縫地製作木屐的鞋帶。

那一天，堀木讓我重新見識了他身為都會人的一面，套句俗話說就是現實，他的冷漠和狡猾的自私讓我這個鄉巴佬錯愕到只能瞪大眼睛，原來他並不像我一樣是個永無止盡地隨波逐流的男人。

「我真是受夠你了！你老爸原諒你了嗎？還沒嗎？」

我說不出我是離家出走的。

我一如往常地四兩撥千斤，明知道馬上就會被堀木發現，我還是騙了他。

「會有辦法的啦。」

「喂！這事可不能開玩笑啊！我奉勸你傻事做到這也該適可而止了。我今天有事，最近實在是忙得快瘋了。」

「有事？有什麼事啊？」

「喂！喂！你別扯我坐墊的線啊！」

說話的同時，我無意識地邊用手指拽著自己座墊四個角落不知是用於接縫或固定的穗帶，一下繞著玩一下又用力扯來扯去。看來對堀木而言，只要是屬於堀木家的東西，哪怕是座墊上的一根線他都寶貝得要死，所以他一點都不覺得難為情地上揚著眼角責備我。回想起來，過去堀木在與我的互動中，根本沒損失過什麼。

堀木的老母親在端盤上放了兩碗紅豆湯送了上來。

「啊！這真是！」

堀木一副打骨子裡就是個孝子似地對老母親畢恭畢敬，連說話的措辭都恭敬得好不自然。

「不好意思，紅豆湯啊？您真是太客氣了，其實不用這麼費心的，我反正也有事馬上就要出門去了。不過難得能享用您拿手的紅豆湯，真是感激不盡，我要開動了！喂你，要不要也吃一碗？我母親特地為我們煮的。啊啊，這真是太好吃了，太美味了。」

他看起來不像做戲，無比開心地吃得津津有味。我喝了一口湯，有開水的味道；再吃一口麻糬，發現那根本不是麻糬，而是我不得而知的東西。我絕非鄙視他們的貧窮（我當時既不覺得難吃，同時也感謝老母親的親切。儘管恐懼貧窮，但我自認並不輕蔑貧窮），我想記下的是從那碗紅豆湯，以及紅豆湯帶給堀木的喜悅裡，我透徹地看見都市人儉樸的本性，以及東京的家庭在生活中將自己與他人區隔得一清二楚的實況。傻傻地裡外不分，只是不斷逃避人類生活的我全然被隔離在外，好像連堀木都遺棄我的感覺讓我狼狽不已，拿著掉漆的筷子吃著紅豆湯，我忍不住極度落寞。

「不好意思，我今天有事要忙。」

堀木起身邊穿著大衣說。

「我先失禮了，不好意思啊。」

這時，堀木來了個女訪客，我的生活因此峰迴路轉。

堀木有點熱絡地說：

「唉呀，真是抱歉。我本來打算過去拜訪的，誰知道這個人突然來了。不過，沒關係，來，請坐。」

看起來他是真的急了，就在我拿起自己的座墊翻了面推出去的當下，他火速一把搶過去又翻了面遞給那個女人坐。因為房間裡除了堀木的座墊以外，就只有一片給客人用的座墊而已。

女人長得高瘦。她把座墊挪到旁邊，在入口附近的角落坐了下來。

我恍惚地聽著他們兩人的對話。女人好像是雜誌社的人，一直以來都委託堀木畫些插畫或其他什麼，感覺像是來收稿的。

「因為很趕。」

「做好了，早就做好了。就這個，請收下。」

電報來了。

堀木看了之後，原本的滿面春風看著看著臉色便猙獰了起來。

「嘖！你這傢伙，這到底是怎麼回事？」

電報是比目魚寄來的。

「總之，你馬上給我回去。我要是能送你回去就好，但是我現在沒那個閒工夫！有人像你離家出走還一臉氣定神閒的嗎？」

「府上在哪裡？」

「大久保。」

我不覺脫口回答。

「那就在我們公司附近。」

女人二十八歲，生於甲州，和五歲的女兒一起住在高圓寺的公寓裡。她說丈夫已經死了三年了。

「你的成長歷程好像很辛苦，你真善解人意，真是可憐。」

第一次活得跟吃軟飯的一樣。沈子（那個女記者的名字）到新宿的雜誌社上班之後，我就跟名為繁子的女兒乖乖看家。過去媽媽不在家的時候，繁子似乎都在管理室玩，來了個「善解人意的叔叔」當玩伴，她看起來非常地開心。

大約一個禮拜，我都渾渾噩噩地待在那個地方。公寓窗口邊的電線上卡了一隻風箏，春風吹來，破了，都還依舊糾纏不清地緊抓著電線不放。風箏看起來總像在頷首點頭似的，每看一次都叫我不由得苦笑、臉紅，甚至還會像夢魘般出現在夢裡。

「我想要錢。」

「……大概多少？」

「很多。……所謂錢盡緣盡是真的哎。」

「說什麼傻話，老套……。」

「是嗎？這妳就不懂了，照這樣下去，我很有可能離家出走。」

「到底是誰比較窮啊？還有，到底又是誰該離家出走呢？真奇怪。」

「我想自己賺錢，用那些錢買酒，不！買香菸。要說畫畫，我自認比堀木那種人厲害得多了。」

這種時候，我的腦中不由得浮現中學時期那幾張被竹一稱之為「鬼」的自畫像。遺失的傑作。我覺得那些才確實是卓越的畫作，卻在一次又一次的搬家之間全都遺失了。我在那之後也畫過不少，可惜全都遠不及記憶中的秀逸之作，以致於我總持續身陷煩惱之中，有種心被掏空似地、倦怠的失落感。

一杯喝剩的苦艾酒。

我暗自如此形容那永難彌補的失落感。只要提到繪畫，那杯喝剩的苦艾酒就會若隱若現地出現在眼前讓我掙扎不已，焦躁地好想把那幅畫拿給人看，讓大家相信我是真的有繪畫才華。

「呵呵，是嗎？你這人就是開玩笑的時候還一臉正經才可愛。」

我不是開玩笑，是真的！啊啊，好想把那幅畫拿給人看，鬱悶又徒然空轉，但念頭一轉，我放棄了。

「漫畫！至少漫畫我畫得比堀木好。」

這句騙人的胡言亂語反而還比較容易讓人信以為真。

「也對。其實我也挺佩服你的。你常給繁子畫的那些漫畫，我看了都忍不住發笑。

要不要試試看？我可以幫你拜託我們公司的總編看看。」

他們公司發行不太知名的兒童月刊雜誌。

……看到你，大部分的女人都會忍不住想為你做些什麼。……誰叫你總是惴惴忐忑，卻又擅長說笑呢。……雖然偶爾你會兀自陷入極度的憂鬱，但那模樣卻反而更加挑動女人的心弦。

沈子還跟我說了很多其他的事，即便是讚美，只要想到這些反正都是吃軟飯的齷齪特質時，我就只會更加「沈沈」地提不起勁來。女人比不上錢。儘管我暗自盤算著無論如何都得離開沈子獨立生活，也在想辦法，卻反而落得愈來愈得依賴沈子，而把離家出走的善後與其他種種問題，幾乎全交給這個比男人還厲害的甲州女人收拾，結果弄得我對沈子是更加不得不「惴惴忐忑」了。

在沈子的安排之下，比目魚、堀木與沈子三個人進行會談。家裡與我完全斷絕往來，我與沈子「公開」地開始同居。除此之外託沈子的福，我的漫畫出乎意料之外還能賺點錢，我用這些錢買酒買菸，但不安煩悶也與日俱增。正所謂「沆」上加「沆」，我甚至曾經在畫沆子他們雜誌社月刊的連載漫畫「金太與奧太的冒險」時，因驀然憶及故鄉，太過心酸而無以為繼地低頭啜泣。

對當時的我而言，唯一的一點救贖就是繁子。繁子那時候已經毫無芥蒂地叫我「爸爸」了。

「爸爸，只要祈禱，神就什麼都會給我是真的嗎？」

我不禁想，需要那種祈禱的人應該是我吧。

啊，請賜我冰冷的意志，曉諭我「人」的本質吧！人排擠人非罪耶？請賜我憤怒的面具。

「嗯，對啊。如果是繁子，神可能什麼都會給，可是對爸爸就不會這樣了。」

連神，我都怕。我不信神的愛，只信神的罰；感覺信仰的目的好像只是為了接受神的鞭笞而垂首走向審判台一樣。儘管相信地獄，我卻無論如何都難以相信天堂的存在。

「為什麼不會？」

「因為我不聽父母的話。」

「是嗎？可是大家都說爸爸你是好人耶。」

那是因為我欺騙了大家。我很清楚這棟公寓的所有人都對我有好感，可是大家卻不知道我對他們有多畏懼。我愈害怕，眾人就愈喜歡我。於是，眾人有多喜歡我，我就有多恐懼，恐懼到終至不得不離去。該如何將這種不幸的病態解釋給繁子聽呢？實在是難如登天。

「繁子，妳到底跟神祈求了什麼呢？」

我不動聲色地轉換了話題。

「我啊，想要我真正的爸爸。」

我心驚、頭暈目眩。敵人。我是繁子的敵人？或繁子是我的敵人？總之這裡也有可怕的大人對我造成威脅。他人，難以理解的他人，充滿秘密的他人，繁子的臉看起來開始有一點那種感覺。

我還以為只有繁子例外，原來她也有「突然間擊殺牛蒼蠅的牛尾」。我在那之後，連對繁子也都無法不惴惴忐忑了。

「色鬼！在家嗎？」

堀木又開始來找我。這男人明明在我離家出走的那一天讓我那麼無助不堪，我卻還是拒絕不了地微微笑著迎接他。

「你的漫畫還真是受歡迎啊！業餘就是有天不怕地不怕的好膽量。不過別太大意喔！你的素描可就不像樣了。」

他竟然擺出一副師尊的姿態。如果我把那個「鬼怪」的畫拿給他看，不知道他會是什麼樣的表情？頓時我那個空轉的鬱悶又開始了。

「別跟我說那個，我會大聲尖叫喔。」

堀木益發洋洋得意。

「譁眾取寵的才華，總有一天會露出破綻的。」

譁眾取寵的才華。……我真的只能苦笑了。我有譁眾取寵的才華！可是因恐懼、逃避而欺瞞的我，與奉行狡猾鑽營的處世教條，亦即俗話所謂「多一事不如少一事」的信徒是一樣的嗎？啊啊，人們是不是儘管彼此一無所知地用錯誤的觀點看著對方，卻還是能夠視彼此為無可取代的摯友，並且一輩子都沒有察覺，直到對方撒手西歸時，還會哭著唸個悼詞什麼的呢？

總之堀木在我離家出走後一起幫我善了後（雖然一定是拗不過沈子所託才勉為其難地答應的），於是便擺出一副助我重新做人的大恩人或月老的架子，要不一臉正經地來跟我說教；要不就深夜喝得醉醺醺地來串門子順便住下；再不就是借個五塊錢走。

「是說，你玩女人玩到這當口也差不多了吧。再繼續下去，世間可饒不了你。」

所謂世間，到底是指什麼？複數的人嗎？那個世間的實體又在哪裡？雖然不管怎樣我活到現在一直都只覺得那很強烈、嚴苛而可怕，但聽到堀木這麼說，頓時一句話差點就脫口而出。

「所謂世間，不就是你嗎？」

可是我又不想惹毛堀木，於是便又吞了下去。

（世間饒不了你。）

（不是世間，是你不饒我吧？）

（做那樣的事，世間會撻伐你的。）

（不是世間，是你吧？）

（世間隨時都會把你給埋葬了。）

（不是世間，埋葬我的人是你吧？）

你！認清你個人的恐怖、詭異、無情、老奸巨猾、妖孽性吧！諸如此類的詞彙在我心中來來去去，我卻只是拿手帕擦掉臉上的汗，笑著說：

「冷汗、冷汗！」

只不過，在那之後，我開始有了（世間不就是個人嗎）這種帶有哲學性的想法。

在我開始覺得所謂的世間有可能就是個人之後，相較於以往，我變得多少能夠依自己的意志行動。套沈子的話來講是：我變得比較任性，不再忐忑不安了；借堀木的話是：我莫名地變得小氣了；拿繁子的話來說則是：不再那麼疼繁子了。

寡言、不笑，日復一日我就是一邊當繁子的保母，一邊配合各公司的發稿（雖然零零星星地開始有些來自沈子公司以外的委託，可是全都是比沈子公司還要低級的三流出版社），畫些「金太與奧太的冒險」或「性急小兵」之類標題隨便到連我都莫名其妙的連載漫畫。我懷著實在是憂鬱到不行的心情，想著不過就是想賺些酒錢慢條斯理地畫（我作畫時的運筆算是非常慢的），等沈子從公司回來和她換班之後，我就速速外出到高圓寺車站附近的小攤或立式酒吧喝廉價的烈酒，喝到心情好一點了才回公寓。

「愈看就愈覺得長得怪唉妳。溫吞和尚的長相其實就是從妳睡覺的表情得到靈感的吧。」

「你的睡相也老了不少喔！簡直就是個四十歲的老男人。」

「都是妳害的，被妳吸去的。流水兮此身呀，河畔岸柳何悽悽。」

「別吵了，快睡。或者你要吃飯？」

冷靜得根本就不當我是一回事。

「酒我就喝。流水兮此身呀，人流兮，不對！水流兮水身呀。」

唱著唱著，讓沈子褪去我的衣物，然後我把額頭壓在沈子胸前沈沈睡去，這就是我的日常。

於是翌日又再依循反覆，

遵從與昨日無異的慣例便是。

換言之規避粗獷龐然的歡樂，

巨形的悲哀必不致降臨。

阻斷去路的絆腳石，

蟾蜍繞道而行。

看到上田敏翻譯的這首叫什麼查理克羅的人寫的詩句時，我兀自臉紅到快燒起來一樣。

蟾蜍。

（那就是，我。沒什麼世間見不見容，埋不埋葬的。我是比貓狗還劣等的動物。蟾蜍。只會遲鈍的蠢動。）

我喝的酒，愈來愈多。除了高圓寺車站附近，還會到新宿、銀座那邊去喝，甚至還外宿。為了避免遵循慣例，我要嘛在酒吧耍無賴，要不就從旁亂親吻人，總之又變回殉情以前，不！我變成比那時候更荒唐卑鄙的酒鬼，缺錢了，甚至還會把沈子的衣服拿去典當。

來到這裡，對著那個破風箏苦笑已經過了一年以上。櫻樹萌發嫩葉的季節，我又偷偷地把沈子和服的腰帶襯衣之類的拿去當鋪，換了錢到銀座去喝酒，並連著兩夜外宿。直到第三天晚上，想想還真是過意不去，便下意識躡手躡腳地來到沈子的公寓前，裡面傳來了沈子與繁子的對話聲。

「為什麼要喝酒？」

「爸爸不是因為喜歡才喝酒的，是因為他人太好了，所以啊……」

「好人都會喝酒嗎？」

「也不是啦……」

「爸爸一定會嚇一跳對不對。」

「可能會不喜歡吧。你看你看，從箱子跳出去了。」

「好像性急小兵喔！」

「對啊。」

我聽見沈子發自內心低聲笑得很幸福。

我把門打開一條細縫偷窺，原來是隻小白兔。牠輕巧地在房間裡跳來跳去，沈子母女正在追著。

（她們是幸福的。我這樣的愚人進到她們之間，旋即就會把她們搞得亂七八糟。謹守本分的幸福。好母女。請幸福，啊啊，如果神還願意聽我這種人的祈禱，一次就好，終生只此一次就好，請讓我祈禱。）

好想就跪在那裡雙手合十，但輕輕地關上門，我又踅回銀座，自此再也沒回那個公寓。

那之後，在京橋附近的立式酒吧二樓，我又以吃軟飯的型態賴在那裡。

世間。感覺我也開始懵懵懂懂地懂了一些。世間就是人與人的爭奪，而且是當下的爭奪，只要當場贏得勝利就好。人絕對不會服人，就連奴隸都有屬於奴隸卑鄙的報復，所以人除了在當下一決勝負求取生存之外別無他法。就算滿口仁義道德，努力的目標終究還是為了自己，超越個人之後還是個人，世間之所以難以理解，其實難以理解的在於個人，所以世間並非汪洋，而是個人。我一直對被稱之為世間的大海幻影心存恐懼，或多或少從中解脫之後，我學會不再一如往常地付出無限的心力，換個說法就是我只因應眼前的需要，於是言行便稍稍厚顏了起來。

背棄高圓寺公寓，我只對京橋立式酒吧的老闆娘說了一句話。

「我分手了。」

這句話，就夠了。換言之靠這句話一決勝負後，從這一夜起，我便唐突冒失地住進了這裡的二樓。可是原本應該恐怖異常的世間，卻沒有對我造成任何危害，而我對世間也沒做任何的辯解，只要老闆娘有心，一切便無所謂了。

在那家店，我既像客人，又像男主人，也像跑腿或親戚之類的。就旁人觀之明明是個莫名其妙的存在，「世間」卻一點都不存疑，就連店裡的常客也都小葉小葉地叫著我，對我非常之好，還請我喝酒。

於是我對世間愈來愈不設防，也覺得世間這地方其實並沒有那麼恐怖了。換言之，過去我的恐懼感正如受到「科學迷信」的恐嚇一樣，每天懼怕著春風中有幾十萬百日咳的細菌；澡堂有幾十萬細菌會導致眼睛失明；理髮廳有幾十萬細菌會讓人禿頭；國營電車的拉環上有疥癬蟲蠕動；或者生魚片和生烤牛豬肉上一定隱含著絛蟲或肝吸蟲之類的蟲卵；又或者赤腳走路的話玻璃碎片會從腳底竄入體內，經過循環之後恐有刺穿眼球而導致失明之虞等等。的確，幾十萬的細菌浮游蠢動就「科學」而言是正確的，但我終於知道，如果將這些存在全然抹殺，這些東西充其量不過就是「科學幽靈」，不僅跟我毫無關係，還會馬上就銷聲匿跡。比如說在便當盒留三顆飯粒，如果一千萬人一天都留了三顆飯粒，就等於浪費了好幾袋米；或者假設一千萬人一天內少用一張衛生紙的話，可以節省多少紙漿？我不知道被諸如此類的「科學性統計」恫嚇得有多嚴重，害得我每次只要吃剩一顆米或擤個鼻涕，都會誤以為我浪費了多得跟山一樣高的米和紙漿，而陷入無盡的煩惱，並彷彿剛犯下重罪似地心情低落。其實透過這些「科學謊言」、「統計謊言」、「數學謊言」根本也收不到三顆米，哪怕是運用算數的乘除，這主題也實在是太過原始而低能，愚蠢的程度跟計算置身於沒開燈的陰暗廁所裡，人要進去多少次才會有一次單腳踩空掉到糞坑的機會；或國營電車的乘客進出電車跟月台時，踩空跌倒的或然率有多少一樣。不管說得多麼煞有其事，實際上根本也沒聽過因為沒看準糞坑而跌倒的案例。過去的教育讓我將那樣的假設當成「科學事實」，我忽然懷念起全盤接受並視之為事實而恐懼不已的自己，甚至覺得好笑。看來我對所謂的世間，真是慢慢地愈懂愈多了。

儘管如此，人之於我還是相當可怕。面對店裡的客人前，我總得先一口氣乾掉一杯酒才行。愈恐怖愈想探頭望。於是我每晚都還是到店裡去，正如小動物顯得恐懼時，孩子反而會抓得更緊一樣，我甚至一喝醉就會開始對著店裡的客人吹噓淺薄的藝術論。

漫畫家。唉，可是我既無大歡樂、也沒大悲哀，只是個默默無聞的漫畫家。哪怕未來將發生大到未可知的悲哀，我都亟求巨大無度的歡樂。偏偏儘管內心焦慮若此，眼前擁有的歡愉卻充其量也不過是與客人之間言不及義的對話或對飲罷了。

來到京橋，如此無聊的生活過了近一年，我的漫畫不再只提供給兒童雜誌社，也漸漸開始刊載於車站粗糙低俗的雜誌上。我徹底荒唐地給自己起了個上司幾太（殉情卻苟活）的筆名，畫一些齷齪的裸體，並置入些魯拜的詩句。

停止無用的祈禱吧
誘發眼淚的長物　全都拋開
來！喝一杯　懷想只限美好
多餘的心思就忘了吧

脅人以不安恐懼者
畏怯犯下的滔天大罪
只為防備死者的復仇
而在腦中盤旋算計

吶喊吧　酒足則喜悅滿心
今晨　酒醒徒留荒涼
不解　只此一夜
心何以巨變若此

遑論什麼神譴
一如遠方鳴響的鼓聲
不知所以地惴惴不安
放個屁都有罪可定又奈若何

正義難道是人生的羅盤？
若是　則染血的戰場中
暗殺者的刀鋒上
又寄託了什麼樣的正義？

指導的原則何在？
睿智的光芒幾多？
美麗與恐怖是否共為浮世
令脆弱人子背負無以承載的重擔

只因被種下無可奈何的情慾種子
遂受到善與惡罪與罰的無盡詛咒
無能為力地徒然張皇失措
只因未獲抵制摧毀的力量與意志
於是便在何處又如何地徘徊踟躕
批判　審視　又重新認知了什麼？
是　空虛的夢　不存在的幻影
喔　忘了酒　遂全屬虛幻的沈思罷了
如何　且看這無垠的大空

地球無非漂浮其中的星點
又怎知自轉的緣由
自轉　公轉　反轉　隨人高興就是

無處　不感受至高的權力
在所有國家的所有民族中
發現同一人性
莫非我是異端
眾人皆曲解了《聖經》啊

否則何來常識與智慧

要不禁錮活著的喜悅　要不禁酒

好吧　但大人啊　這些我都　厭惡至極

不過當時有一個處女勸我戒酒。

「這樣不行喔，每天從白天就喝得醉醺醺的。」

她是酒吧對面一家小菸攤的女兒，年方十七八，名叫良子，是個膚色白晰長著虎牙的女孩。每每我去買菸，她都會笑著這麼勸我。

「為什麼不行？有什麼不好？有句詩寫著：有酒自當暢飲之，人之子啊！把憎惡都消去消去，這是古時候波斯的那個，唉算了，為傷悲而疲乏的心，足以賦予希望者，唯有帶來微醺的玉杯，這你……懂嗎？」

「不懂。」

「混帳，小心我吻妳喔！」

「你吻啊！」

她絲毫不以為意地嘟起下唇。

「混帳，貞操觀念……」

但良子的表情，很清楚地散發出從未曾讓人玷污的處女氛圍。

剛過完年的一個嚴寒夜，我喝得醉醺醺地出去買菸，掉到菸攤前的人孔裡大叫著「良子，救我」，被她拖出來之後，處理了右手臂上的傷。當時她語重心長笑也不笑地對我說：

「你喝太多了。」

死了我倒無所謂，不過受傷流血後變成殘廢之類的我可敬謝不敏，所以在良子幫我處理手傷的時候，我心想：酒，或許是該適可而止了。

「我要戒酒，明天起一滴都不喝。」

「真的嗎？」

「一定戒！那要是我戒了，良子妳願意嫁給我嗎？」

雖然，要她嫁給我只是個玩笑。

「一定喔！」

那其實是「一言為定」的略語，當時流行許多諸如「摩男」「摩女」之類的略語。

「好，那就來勾手指約定，我一定戒酒。」

翌日，我依舊從大白天就開始喝酒。

傍晚，搖搖晃晃地外出，佇立在良子的菸攤前。

「良子，對不起，我又喝了。」

「唉！討厭，裝什麼酒醉啊。」

我嚇了一跳，感覺酒整個都醒了。

「沒有，是真的，我真的喝了酒，不是假裝喝醉酒。」

「別尋我開心，你好壞。」

她壓根沒有絲毫的懷疑。

「你看就知道了嘛。我今天也從白天就開始喝了，對不起啊。」

「你真會演戲。」

「怎麼是演戲！混帳，小心我吻妳喔！」

「你吻啊！」

「不，我沒資格，也不能娶妳了。你看我的臉，很紅對吧？我是真的喝了酒了。」

「那是因為夕陽照在臉上的關係，你想騙我是沒用的。我們昨天明明都說好了，你不可能喝酒的，我們還勾了手指頭約好的！你竟敢說你喝了酒，騙人！騙人！騙人！」

臉色白晰的良子坐在陰暗的店裡微笑，啊啊，不染塵的處女真是尊貴。我從來沒跟處女睡過，我們結婚吧！哪怕未來將發生大到未可知的悲哀，我都亟求巨大無度的歡樂，就算此生僅此一次都好。處女之美，我以為那不過是愚蠢的詩人虛幻的甜蜜傷感罷了，原來那真的存在於這世上。我當場就決定結婚，然後等春天來了要相偕騎自行車到青葉去看瀑布。所謂的「一決勝負」，讓我毫不猶豫地就偷摘了這朵花。

我們終於結婚，因而得到的歡樂雖未必巨大，但尾隨而來的悲哀，卻大到悽慘不足以形容，並且超乎想像。對我而言，「世間」這地方果然深不見底而可怕，絕沒有簡單到用什麼一決勝負就能擺平一切。

二

堀木與我。

我們在往來之間輕蔑彼此，並且互相讓自己變得低俗，如果這是世間所謂「友誼」的實態，那我跟堀木的關係，一定切中所謂的「友誼」。

拜京橋立式酒吧老闆娘的義氣相挺之賜（用義氣形容女人很奇怪，可是根據我的經驗，至少就都會男女而言，那或該稱之為義氣的東西，女人還遠比男人多得多。男人基本上縮頭縮腦，只會裝腔作勢地講究體面排場，卻小氣），雖未舉行儀式，我還是娶了小菸攤的良子為妻，並且在築地隅田川附近的木造二樓公寓，租了一樓的一間房一起住。我戒了酒，用心做著漸漸固定成正職的漫畫工作，晚飯後我們會一起去看電影，回程到咖啡廳坐坐，再不就買盆花。不過比起這些，最開心的莫過於聽著眼前全心信賴我的小媳婦說話，或者看著她的一舉一動。正當我開始在心裡暗自溫存著一絲甜蜜情懷，想著或許我終於可以慢慢活得比較像個人，而不至於落得慘死的下場時，堀木又出現在我眼前。

「嘿！色鬼！咦？看你這樣子，竟然懂事多了。今天是高圓寺女士派我來當使者的。」

說著，他突然壓低聲音，用下巴向著在廚房泡茶的良子頂了頂地問：不要緊嗎？

「不要緊，有話儘管說。」

我沉著地回答他。

事實上，良子幾乎堪稱信任的天才，跟京橋老闆娘之間就算了，就算告訴她我在鎌倉做的事，她對我跟常子的關係也不疑有他。並不是因為我謊話編得好，只是有些時候哪怕是直言不諱，聽在良子耳中似乎都只像是個玩笑。

「還是一樣自戀啊。是說，也沒什大不了的事，就是要我帶個口信，要你有空也去高圓寺走走。」

即將淡忘之時，怪鳥就會振翅飛來，用鳥喙啄破記憶的傷口。旋即，過去羞恥與罪惡的記憶又都歷歷在目。亟欲吶喊的恐懼，讓我坐立難安。

「喝一杯吧！」我說。

「好啊！」堀木回答。

我和堀木。

論外型，我們很相似，時而還會感覺我們是一模一樣的人，當然那僅止於到處遊走並豪飲廉價酒精的時候，總之，只要面對面，看著看著我們就好像變成了兩隻外型毛色都相同的狗，穿梭在下雪的巷弄間。

那天起，我們再度重修舊好，不僅一起去京橋那間小酒吧，最終這兩隻爛醉的狗還造訪了沈子位於高圓寺的公寓，甚至還住了一夜才回家。

忘都忘不了。那是個悶熱的夏夜，傍晚時分堀木穿著破破爛爛的浴衣到我築地的公寓來。原來這天他因為急用而把夏天的衣服拿去當了，但東西拿去當的事要是讓他的老母親知道就慘了，他想要馬上贖出來，所以要我務必讓他周轉一下。不巧我也手頭拮据，所以便循往例叫良子把衣服拿去當鋪換錢。錢借給堀木之後還剩下一點，我讓良子拿著剩下的錢去買酒，之後便跑到公寓屋頂，吹著隅田川時而幽幽帶著臭水溝味道的風，開始一場略顯不淨的夏涼晚宴。

我們當時開始玩一個猜名詞是屬於喜劇或悲劇的遊戲。這是我發明的遊戲。舉凡名詞，都有男性、女性與中性名詞之別，既然如此，自然也應該有喜劇名詞和悲劇名詞的區別。比如說汽船和火車都是悲劇名詞，市內電車和公車則都是喜劇名詞。這是為什麼？不懂這些的人不足以論藝術。舉凡在喜劇中用了一個悲劇名詞，僅此一個，就足以讓劇作家失格，換做悲劇亦然，玩法大概如此。

「好了嗎？香菸？」我問。

「悲（悲劇的簡稱）。」

話才說完，堀木就接著答。

「藥物呢？」

「藥粉？還是藥丸？」

「針劑。」

「悲。」

「是嗎？不過有些針打的是賀爾蒙哎。」

「不，絕對是悲啦！說到打針，首當其衝你就是最大的悲劇啊不是嗎？」

「好，算我輸好了。可是，喂，你別看藥物或醫生那樣，其實出乎意料之外還挺是個喜（喜劇簡稱）的。死呢？」

「喜。牧師和尚都一樣。」

「答對了！那生就算是悲了。」

「不對，那也是喜。」

「不會吧，要這麼說，不就什麼都變成喜了嘛。那我再問你一個。漫畫家呢？怎麼都很難說是喜了吧？」

「悲！悲！大大的悲劇名詞。」

「什麼啊，最大的大悲劇是你好不好。」

把遊戲玩成叫人笑不出來的笑話真的很無聊，但我們卻因這遊戲不曾存在於世界上的任何藝文沙龍，自覺極為脫俗而洋洋得意。

當時，我還發明了跟這個很雷同的遊戲，就是猜「反義詞」。黑反（反義詞的簡稱）白；但白反紅；紅則反黑。

「花反什麼呢？」

我一提問，堀木就歪著嘴想。

「這麼嘛，因為有家叫花月的餐廳，所以是，月！」

「不對，這樣不構成反義，反而是同義詞。星星跟堇花也是同義詞，不是反義。」

「好，那就是蜜蜂！」

「蜜蜂？」

「牡丹配……蜜蜂吧？」

「搞什麼，那是畫作主題啦。別跟我打馬虎眼。」

「知道了，花配雲層。」

「應該是明月配雲層吧。」

「對對對。花配風，就是風。花的反義詞是風。」

「真糟糕，根本就是浪花小調裡的詞嘛！家世背景無所遁形了。」

「不對，是琵琶。」

「這更糟。花的反義啊……大概是這世界上最不像花的東西，那才是你應該提的。」

「所以就說是那個……等等喔，什麼嘛，原來是女人啊。」

「順便再來一題，女人的同義是？」

「內臟。」

「看來你一點都不懂詩啊。那內臟的反義詞是什麼？」

「牛奶。」

「這個還不錯，順勢再來一個。恥辱，honte的反義。」

「不知羞恥啊！流行漫畫家上司幾太。」

「堀木正雄呢？」

講到這邊，我們愈來愈笑不出來，燒酎彷彿充滿碎玻璃的獨特醉意，讓我們的心情陰鬱了起來。

「少說大話了，我可不像你，至少我還沒經歷過被綁進監獄的恥辱呢。」

心頭一驚！原來堀木心裡並不把我當成正常人看待，在他眼裡我只是一個要死不活、恬不知恥、愚蠢的怪物，亦即所謂的「行屍走肉」。但為了他的快樂，能利用多少就盡量利用，我們的「友誼」僅止於此。想到這裡，心裡還真是不太舒坦，不過堀木會那樣看我，就如同最開始所說的，是因為我從小就像個沒資格當人的小孩，堀木會看輕我或許也是理所當然的。念頭一轉，我裝出一點都不以為意的表情說：

「罪。罪的反義詞是什麼？這很難喔。」

「法律啊。」

堀木一派輕鬆地回答，不禁讓我重新打量了堀木的臉。附近大樓明滅的紅色霓虹燈打在堀木臉上，讓他看起來有如厲鬼刑警般威嚴。我簡直是太意外了。

「所謂的罪，喂！不該是那樣吧。」

他竟然說罪的反義詞是法律！不過，或許這世間所有人的想法就是這麼簡單，然後若無其事地過日子。認定沒有刑警的地方，才會有罪行蠢動。

「要不然是什麼，神嗎？你就是有種基督傳教士的氣質，真的很討厭哎。」

「唉，別那麼輕易就下定論，我們再想想吧。你不覺得這還算是個有趣的主題嗎？感覺好像從這一題的回答就可以看透一個人。」

「怎麼可能。……罪的反義詞是善啦，善良的市民，就像我這種。」

「少來了！善是惡的反義，不是罪的反義詞。」

「惡和罪不一樣嗎？」

「我覺得不一樣。善惡的概念由人定義，是人自創的道德詞彙。」

「真是煩死人了。那果然就是神囉，神！神！管它是什麼，當它是神就錯不了。

我肚子餓了。」

「良子現在正在樓下煮蠶豆。」

「感激不盡，我最愛吃蠶豆了。」

我把兩手搭在腦後，一股腦地仰躺下來。

「你好像對罪一點興趣都沒有是不是。」

「那是當然的，我又不像你是個罪人。我雖然沈迷享樂，但不會害女人去死，也不會做出掠奪女人錢那種事啊。」

我沒有害死女人，也沒有掠奪她們的金錢。儘管心底某處發出細微卻拚命抗議的聲音，但念頭一轉，我隨即又慣性地覺得：不對！一定是我不好。

我無論如何就是無法面對面和人爭辯。我拚命壓抑著因為燒酎產生的陰鬱醉意而愈來愈低落的情緒，近乎自言自語地說：

「可是，並不是被關進監獄才叫做罪。我覺得只要知道罪的反義詞，應該就能掌握罪的具象，神……救贖……愛……光……。神有個撒旦的反義詞；救贖的反義詞看來應該是苦惱；愛有憎恨；光有黑暗的反義詞；善有惡；罪和祈禱、罪和悔恨、罪和告白、罪和……啊，這些全都是同義詞，罪的反義詞到底是什麼啦？」

「罪的反義詞是蜜吧。如蜜般甘甜。我肚子好餓喔，你去拿點吃的東西來吧！」

「你不會自己去拿！」

我發出堪稱是有生以來第一次的激烈怒吼。

「好，那我就到樓下去跟小良子犯罪去了。與其討論不如實地勘查。罪的反義詞是蜜豆，不，應該是蠶豆吧。」

他醉得幾乎連話都說不清楚了。

「隨你便，哪裡都好，滾！」

「罪與空腹，空腹與蠶豆，不對，這都是同義詞吧。」

我胡言亂語著起身。

罪與罰，杜斯妥也夫斯基。腦子一隅閃過這些時，我猛然一驚。如果杜斯妥也夫斯基沒把罪與罰當成同義詞，而當成反義詞擺在一起的話會怎樣？罪與罰，絕對不相通，如水火不相容。將罪與罰當成反義詞思考的杜斯妥也夫斯基，簡直就是黏稠的水棉、腐臭的池子、亂麻底層的……啊啊，就快想通了，不，還沒……就在腦子像走馬

燈團團亂轉的時候，

「喂！這蠶豆還真是不得了！快來！」

堀木的聲音跟臉色都變了。堀木剛剛才搖搖晃晃地起身到樓下去，旋即就折了回來。

「幹嘛啦！」

散發不尋常的騰騰殺氣，我們從頂樓下到二樓，然後再從二樓往下走到通往我房間樓梯的途中，堀木停下腳步，壓低聲音並用手指著說：

「你看！」

我房間上的小窗開著，從那裡可以看見房內。電燈開著，有兩隻動物。

我頭暈目眩，伴隨著劇烈的喘息在心中喃喃自語：這也是人的姿態、這也是人的姿態、沒什麼好大驚小怪。我甚至忘了要救良子，就這樣佇立在樓梯上。

堀木大大地咳了一聲。我兀自逃亡似地奔上屋頂，躺下來仰望含雨的夏日夜空。當時向我襲來的情感，既非憤怒，也非嫌惡，但也不是悲傷，而是極度的恐懼。而且那不是對墓地鬼魂之類產生的恐懼，而是像在神社杉木林立中遇到白衣神祇時會感受到的那種，是來自遠古由不得你多言其它的強烈畏懼。我的少年白，從那夜開始出現。終於，我喪失了所有的自信；終於，我變得無盡多疑，永久遠離對這世間的運作有所期待、喜悅與共鳴。其實，這是我人生的一個決定性的事件。我的眉間被人從正面砍了一刀，傷痕在那之後不管接近什麼樣的人都會作痛。

「我同情你，不過這樣你多少應該也有所體會吧。我不會再到這裡來了，簡直就是地獄啊。……但你就原諒良子吧，反正你也沒好到哪裡去。告辭了！」

堀木當然沒笨到一直待在這尷尬的地方。

我起身獨自喝著燒酎，然後放聲嚎啕大哭了起來。一直一直，哭個不停。

不知過了多久，良子端著蠶豆堆得跟山一樣高的盤子，茫茫呆站在我的身後。

「他說他不會對我怎麼樣⋯⋯。」

「好了，別說了。妳只是不懂對人設防罷了。坐下吧，來吃豆子。」

我們坐著吃了豆子。唉，信任是罪嗎？那男人來派給我一些漫畫，錢沒給多少卻老擺個施主架勢，是個莫三十歲，身材短小不學無術的商人。

那商人之後還真的再沒來過，不過我卻不知怎的，相較於對那商人的憎惡，反倒是堀木一開始發現時，連重重咳個一聲什麼的都沒有，只是直接折回屋頂來通知我所引發的憎恨與憤怒，總在不成眠的夜晚群起呻吟。

沒什麼好原諒不原諒的，良子是信任的天才，她只是毫無防人之心，悲慘卻應運而生。

我問神，信任是罪嗎？

良子的信任被玷污這件事，比起良子受辱更成為我苦惱的根源，讓我在那之後很長一段時間苦惱到幾乎活不下去。就我這種下流、忐忑不安，只會看人臉色，對人的信任能力都已經破碎的人看來，良子無瑕的信任簡直就如青葉瀑布般清澈，卻在一夕之間化為黃濁污水。你看！良子從那一夜起，甚至對我的一個蹙眉或一個笑容，都如履薄冰了起來。

「喂！」

只要我叫一聲，她就會嚇一跳，為難得連眼睛都不知道該往哪裡看。不管我怎麼樣逗她笑，跟她說笑，她都只是惶恐不安、膽戰心驚，甚至莫名對我用起敬語來了。

無瑕的信任，莫非是罪的泉源？

我去找了各式各樣有關人妻遭受侵犯的書來看，但卻覺得沒有一個人像良子般被欺負得那麼悲慘。這壓根寫不成任何故事或什麼東西，如果那個矮小的男人跟良子之間有那麼一點類似愛戀的情愫，或許我的心還能獲得一點救贖。只不過，夏日的一夜，只因良子的信賴，為此我被人從正面在眉間砍了一刀，自此聲音沙啞且白髮始生，而良子終此一生也為此不得不惶惶忐忑。一般故事的重點似乎都放在丈夫是否原諒妻子的「行為」，對我而言，那倒不是什麼太痛苦的大問題。我甚至認為丈夫還能保有原諒與否的權力或許就算幸運的了，要真無法原諒，也沒必要把事情鬧大，只要乾脆跟妻子離婚再娶個新太太不就好了？如果做不到，那就忍下這口氣，給予所謂的「原諒」吧！總之全憑丈夫的一念之間，一切便可以有個圓滿的收場。換句話說，我認為類似的事件對丈夫來說的確是個極大的事件，只不過那雖然是個「衝擊」，卻不同於波浪永無止盡地潮來潮往，是擁有權力的丈夫可以依其憤怒，愛怎麼處理就怎麼處理的糾紛。可是我們的狀況卻是丈夫不僅不具備任何權力，反而愈想還愈覺得這一切好像都是自己不好，別說生氣，甚至連個不平都說不出口。相對於此，妻子的受辱竟是因其稀有的美好，且那美好，是一直以來令丈夫憧憬、忍不住無限愛憐的那毫無瑕疵的信任。

無瑕的信任，是罪嗎？

連唯一指望的美好都讓人存疑之後，我對所有的一切都沒了頭緒，唯一的皈依就只有酒精而已了。我臉上的表情變得極度猥瑣，從早就啜著燒酎，牙齒掉得七零八落，漫畫也幾乎都是些接近春畫的東西。不，我就直說了！當時我開始偷偷地複製並販賣春畫，因為我需要錢買燒酎。每每看見良子惶惶不安地避開我的視線我就會懷疑，她是個一點都不懂得警戒的女人，該不會跟那商人並不是只有過那一次吧？還是說跟堀木呢？不對，該不會跟我不認識的人也有？就這樣疑心生暗鬼的，偏偏也沒勇氣一鼓作氣去找她問個清楚，只能任歷來的不安與恐懼折磨得我痛苦掙扎而猛灌燒酎，靠著醉意小心翼翼地試著提些卑劣的誘導性問題，儘管內心愚蠢地憂喜參半，表面卻盡是戲謔搞笑，並在那之後給良子如地獄般令人不悅的愛撫，然後如爛泥般沈沈睡去。

那年歲暮，我爛醉如泥地在深夜返家，想喝糖水，良子又好像已經睡了，於是我就到廚房去找出砂糖罐，未料打開蓋子沒看到任何砂糖，卻有一個黑色細長的小紙盒。不經意地拿起來，看到盒子上貼著的標籤時不禁愕然。那張標籤被人用指甲摳掉了一半，只留下英文字清楚地寫著：DIAL。

二荃。當時我大多喝燒酎，沒服用安眠藥，不過失眠有如我的宿疾，因此我對大部分的安眠藥都很熟悉。這一整盒二苳，沒錯的話應該是超過致死的劑量。雖然還沒開封，不過她一定是想著哪一天要用才藏在這種地方，而且還摳掉了標籤。真可憐，她看不懂標籤上的英文，才會以為用指甲摳掉一半應該就不會有問題了。（妳沒有罪）

我留意著不發出聲響地在水杯中倒滿水，然後慢慢打開了盒子，一口氣將藥全都倒入口中，並冷靜地將水一飲而盡，之後熄燈直接就寢。

據說我跟死了沒兩樣地睡了三天三夜，醫生把這件事當成意外而沒有通報警察。我半夢將醒之際的前一夜黎明，夢囈中喃喃說著我要回家。可是家指的到底是哪裡，連我自己都不清楚，總之我好像說完就痛哭了一場。

慢慢地霧散了，定睛一看，比目魚正一臉不悅地坐在床邊。

「之前也是在年底。彼此忙得眼睛都要花了，卻總是看準了年底來做這種事，叫我這條老命怎麼受得了。」

陪著比目魚說話的，是京橋酒吧的老闆娘。

「老闆娘。」我喚了她。

「嗯，什麼事？你醒啦？」

老闆娘彷彿將她的笑臉覆蓋在我臉上地說。

我淚如雨下地說出連自己都意想不到的話。

「讓我跟良子分手吧。」

老闆娘起身，幽幽地嘆了口氣。

之後我又出乎意料之外地失言到連滑稽或愚蠢都難以形容。

「我要去沒有女人的地方。」

哇哈哈哈，先是比目魚大笑了起來，接著是老闆娘噗嗤地笑了出來，連我自己都一邊流著眼淚，一邊面紅耳赤地苦笑。

「嗯，這樣比較好。」

比目魚沒完沒了笑得邋裡邋遢地說：

「去沒女人的地方比較好，有女人就會對你不好。沒女人的地方啊，這想法好！」

沒女人的地方。可是我這傻氣的夢囈，後來卻悲慘地實現了。

良子好像認定了我是替她吃下了毒藥，所以對我比以往更加地戰戰兢兢，不管我說什麼，她都不笑，甚至連話都沒辦法好好說，弄得我在公寓房間待得鬱悶無比，只好到外面一如往常地猛灌廉價的酒精。不過，經過那二荃事件之後，我的身體整個瘦了一圈，手腳無力到連漫畫的工作都懶怠了，於是就拿著比目魚去探望我時留下的錢（比目魚雖然說的是「這是我的一點心意」，一副錢是從自己口袋掏出來的樣子，但其實這似乎也是家鄉的哥哥們寄來的錢。我這時已經不同於剛從比目魚家逃出來的當時，對於比目魚裝模作樣的演技，儘管只是依稀，卻已經可以看穿了，所以我也就狡猾地佯裝什麼都沒察覺，只是恭敬地謝謝比目魚的慰問金。只不過為什麼比目魚這些人要搞出這麼多複雜的心機呢？我似懂非懂，總之對我而言就是奇怪得不得了），我毅然決然決定用這筆錢獨自到南伊豆的溫泉去，可惜我的個性讓我無法悠哉從容地享受溫泉之旅，一想到良子我就落寞不已，心境與從旅店房間眺望山景的氣定神閒相去甚遠。我不更衣，也不入浴，一旦外出就衝進稍顯不潔的茶店之類的地方，彷彿灌水似地猛灌燒酎，說穿了就是把身體弄得更糟之後又回到東京而已。

那是東京降下大雪的夜晚。我酩酊走在銀座暗巷，一邊反覆低聲喃喃唱著「此去故國幾百里，此去故國幾百里」，一邊用鞋尖踢著愈積愈多的雪，走著走著突然吐了。那是我第一次吐血。雪上印出了個大大的日本國旗，我蹲下來好一會兒，之後雙手掬起乾淨的雪，一邊洗臉一邊哭了。

這是哪裡的小路？

這是哪裡的小路？

悲情的女童歌聲，彷彿幻聽般微微地從遠處傳來。不幸。這世上各式各樣不幸的人，不對，或說這世上全是不幸的人也不為過，但這些人的不幸，都能夠堂堂正正地向所謂的世間提出抗議，相對地世間對這些人的抗議，也都會輕易地給予理解與同情。可是，我的不幸全來自於我的罪惡，無從與誰抗議。如果我支支吾吾地吐出一句蘊含抗議寓意的話，話方出口，不只是比目魚，世間的所有人一定會不可置信地質疑我竟然敢說出這種話。雖然我連我究竟是一般所謂的「任性」，或相反地是太過懦弱都搞不清楚，總之我似乎就是罪惡的固體，所以便只會自顧自永無止盡地愈來愈不幸，卻毫無能停止的具體策略。

我起身，心想至少先找些適當的藥，於是便走進附近的藥房。眼光與藥房老闆娘對上的瞬間，老闆娘彷彿被鎂光燈閃到似地抬起頭張大眼睛，整個人僵直佇立。只不過那瞪大的眼中並沒有驚愕或嫌惡之情，有的只是彷彿求救又好似仰慕般的眼神。啊，她一定也是個不幸的人，只有不幸的人，才會敏感地察覺他人的不幸。想到這裡，才發現老闆娘拄著枴杖顫巍巍地站在那裡。壓抑住想衝過去的心情，在與老闆娘相互凝望之間，我的眼淚流了出來，結果老闆娘睜大的眼睛裡，也一滴滴地流下了眼淚。

那之後，我一言不發地走出藥房，踉蹌地回到公寓，讓良子給我泡了杯鹽水喝了之後，什麼都沒說地就入睡，隔天也騙她說有點感冒症狀睡了一整天。到了晚上，實在是對自己莫名地吐血感到異常不安，於是便起床到那家藥房去。這次我笑容滿面，相當誠實不諱地說明歷來的身體狀況，向老闆娘諮商病情。

「酒一定要戒掉才好。」

我們感覺有如家人。

「可能是酒精中毒，我現在都還想喝。」

「不行！我丈夫就是明明都已經罹患肺結核了，還說什麼要用酒殺菌，結果酗酒成性，自己縮短了壽命。」

「可是我就是不安到不行，怕到實在是沒辦法。」

「我給你藥，但唯獨酒，千萬別再喝了。」

老闆娘（是個寡婦，有一個兒子上了不知道是千葉或哪裡的醫學院，沒多久就染上跟他爸爸一樣的病，正在休學住院。家裡另外還有中風臥病在床的公公，老闆娘自己則是在五歲的時候，因為小兒麻痺導致一隻腳不能走）一拐一拐地拄著枴杖，為了我，從這邊的櫃子、那裡的抽屜備齊了許多藥品。

這是造血劑。

這是維他命的針劑，注射用的針在這裡。

這是鈣片；這是胃腸保健用的消化酵素。

老闆娘這是什麼、那又是什麼地用心為我說明了五、六種藥品，只不過，這位不幸的老闆娘對我的用心也太深了。最後她告訴我：這是你無論如何都想要喝酒、實在忍無可忍的時候的藥。說完速速地用紙包住了一個小盒子。

那是嗎啡的針劑。

老闆娘還說這比酒無害，我相信她說的話。另外一點就是，正好我也開始覺得酒醉實在有點不潔，再加上終於可以在許久之後遠離名之為酒精的撒旦，那喜悅讓我毫無猶豫地就往自己的手臂上注射了那個嗎啡。不安、焦躁與靦腆都去除得乾乾淨淨，我變身成為一個相當開朗的雄辯之士。就這樣，只要一打針，我就會淡忘身體的虛弱，精神百倍地從事漫畫的工作，甚至還會突然湧現自己畫著畫著都會爆笑的難得創意。

原本只打算一天打一支，在變成兩支、四支的時候，我已經變得沒有它就無法工作了。

「這樣可不行，要是上癮就糟糕了。」

經藥房老闆娘這麼一說，我不禁覺得自己好像已經是個相當嚴重的毒癮患者（我性格上對他人的暗示毫無招架能力，輕易就會上鉤。就算告訴我錢不能花，只要對方說一句不過你就是愛花錢啊之類的，我就會莫名奇妙地產生不花好像就對不起人家、會違背他人期待的錯覺，並馬上就把那些錢花個精光），上癮的不安，反而讓我開始索求更多的藥品。

「拜託！再一盒就好，月底我一定付錢。」

「錢什麼時候給都沒關係，只是警察那邊，比較麻煩。」

唉，我周圍總隨時瀰漫著邊緣人污濁、陰暗、可疑的氛圍。

「請務必想辦法矇騙一下吧，我求妳了，老闆娘。不然我吻妳。」

老闆娘臉都紅了。

我乘勝追擊。

「沒有藥我工作一點進度都沒有啊！對我來說，那就像強精劑一樣啊。」

「既然這樣，乾脆直接打賀爾蒙就好了。」

「你別瞧不起人。要嘛喝酒，要嘛就是那個藥，沒有的話我就沒辦法工作啊。」

「酒不能喝。」

「是不是？我用了那個藥之後就滴酒不沾了，託妳的福，身體狀況非常地好。我也不想一直都這樣畫些劣質的漫畫啊，接下來我要戒酒、把身體養好，好好學習，一定成為偉大的畫家給妳看。現在是關鍵時期啊，所以拜託啦！要不要我吻妳一下。」

老闆娘笑了出來。

「真是拿你沒辦法。上了癮我可不管喔。」

枴杖一拐一拐地擲地有聲，她從櫃子拿出那個藥。

「我不能給你一盒，誰叫你一下子就用完了。就一半。」

「真小氣，唉！沒辦法。」

回到家，我馬上就打了一支。

「不痛嗎？」

良子小心翼翼地問我。

「當然痛啊！不過為了提高工作效率，再不喜歡都得打這個針。你看我最近不都很健康嗎？來，上工囉！工作！工作！」

興高采烈。

我也曾經深夜去敲藥房的門，一把抱住身穿睡衣拄著枴杖出來應門的老闆娘就吻，一副快哭的樣子。

老闆娘默默不語地遞了一盒給我。

在漸漸明白藥品與燒酎同樣，不，甚至還更勝於燒酎地不祥不淨時，我已經完全是個毒癮病患了。簡直恬不知恥到了極點。為了取得那個藥，我又開始複製春畫，甚至與那家藥房行動不便的老闆娘，如文字所述地建立了醜陋的關係。

想死，想一死了之，反正再也無從挽回了。不管哪件事、做什麼，全都一敗塗地，徒增恥辱。什麼騎自行車去看青葉瀑布，我根本就是癩蛤蟆想吃天鵝肉，只會在齷齪的罪愆上覆蓋卑劣的罪行，任苦惱壯大並益發強烈。想死，如果不死，我活著就是罪惡的種子。然而儘管這樣鑽牛角尖，我充其量也只是以半狂亂的姿態，頻繁往返於公寓與藥房之間罷了。

不管做多少工作，藥的用量只會隨之增加，以致於賒藥的金額大得恐怖，老闆娘只要看著我的臉，眼淚便盈眶，我也跟著流下眼淚。

地獄。

這是逃離這個地獄最終極的手段了，要是失敗，就只能上吊了。幾乎是賭上了神的存在，我下定決心寫了封長信給故鄉的父親，坦白自己所有的現狀（唯獨女人的事，實在是下不了筆）。

誰知結果竟急轉直下，儘管翹首盼望卻音訊全無，我因為焦躁與不安，反而藥量大增。

那天午後，我暗自做好心理準備，打算當晚一口氣打個十支之後便縱身大河一死，比目魚卻彷彿用他惡魔的直覺察覺到了似的，帶著堀木出現了。

「聽說你吐血了是吧？」

堀木盤腿坐在我的面前對我說，並帶著幾近前所未見的溫柔微笑。那溫柔的微笑讓我滿懷感激、喜不自勝而不覺俯首流下淚來。我被他一個溫柔的微笑徹底瓦解，並就此被深深埋葬。

他們讓我坐上汽車。比目魚語重心長（那口吻極度沈靜到我都想用悲天憫人來形容了）對我說總之你得先住院，後續就交給我們，我有如一個沒有意志、沒有判斷力、什麼都沒有的人，只是抽抽搭搭地哭著，並唯唯諾諾地對他們言聽計從。加上良子共四個人，我們隨著汽車搖晃了好長一段時間，在周遭天色漸暗的時候，抵達了森林裡一家大醫院的玄關。

我一直以為是療養院。

我接受了年輕醫師異常客氣而仔細的檢查。

「嗯，暫時就在這裡靜養吧。」

醫生很靦腆地笑著說。在比目魚跟良子把我一個人留在那裡離開之前，良子將裝了換洗衣物的布包袱交給我，然後不發一語地從和服衣帶間掏出針器和打剩的藥。不知道她是不是一直以為那就是強精劑。

「不，已經不用了。」

實在是太稀奇了。說我在那之前的人生之中，只拒絕過那麼一次人家給我的東西好像也不為過。我的不幸，是缺乏拒絕能力的不幸。因為只要拒絕了人家要給我的東西，好像就會在對方和自己的心裡都留下永世無從填補的明顯裂痕，那樣的恐懼一直脅迫著我。但當時，我竟自然地拒絕了曾經近乎半瘋狂狀態地去索求的嗎啡。該不會是被良子所謂「神聖的無知」給打醒了？我是不是在那瞬間就已經從毒癮解脫了？

但我旋即被那位笑得很靦腆的年輕醫師帶到某棟病房大樓，喀地一聲就給上了鎖。

原來是精神療養院。

我要去沒有女人的地方。吞下二莖時愚蠢的夢囈竟奇妙地成真了。那棟大樓的病房裡住的全是男精神病患，連護士都是男的，一個女人都沒有。

這下我已然不只是罪人，而是瘋子了。不，我絕對沒有瘋，哪怕是一個瞬間，我從來都沒有瘋過。可是，唉！聽說大部分瘋子都會這麼說自己，看來，換個說法就是被關進這棟醫院的是神經病，沒被關進來的人，就是正常人。

我問神，不抵抗是罪嗎？

堀木那不可思議的美麗微笑讓我泫然欲泣，甚至都忘了該判斷或抗拒地就上了車，然後被帶到這裡來成了一個瘋子。就算馬上離開這裡，我也還是個瘋子，不，我的額頭上應該會被烙上一個廢人的印記吧。

褫奪，人格。

看來，我已然，不再是個人了。

來到這裡時正當初夏，透過鐵窗的格子，可以看見紅色睡蓮開在醫院庭院的小池子裡。在那之後過了三個月，院子裡波斯花開始綻放，出乎意料之外地，家鄉的大哥帶著比目魚來領我出去，並用他一貫死板而緊繃的語調說：父親已在上個月因潰瘍過世，我們不再追究你的過往，生計也不要你操心，你什麼都不用做，但相對的，儘管可能有很多事情放不下，但你要馬上給我離開東京到鄉下去療養和生活。你在東京搞出來的事，我看大部分的善後澀田都處理好了，所以無須再放在心上。

我彷彿看見故國山河重現在眼前，輕輕地點了點頭。

真是個廢人。

得知父親死訊之後，我更加意志消沈。父親，已經不在了。那個一刻都不曾離開我心裡，叫人懷念又恐懼的存在，已經不在了。感覺就像苦惱的陶壺整個被清空了似的，我甚至有一絲懷疑，想著我苦惱的陶壺之所以會如此沈重，始作俑者該不會全是父親。彷彿沒有了動力，而我連苦惱的能力都失去了。

大哥確實地執行了與我的約定。從我生長的城市開車南下四、五個小時的地方，有個就東北而言難得氣候溫暖的溫泉地，他們買下位於那個村莊外，房間雖然有五個，但看似相當老舊，牆壁斑駁，連柱子都讓蟲給蛀到幾乎無從整修的茅屋給我。並派了一個年近六十，頭髮紅到不行的醜女傭來照顧我。

在那之後經過三年多，期間那名叫阿澈的老女傭數次用奇怪的方式侵犯了我，我們也開始偶爾如夫妻般吵架。伴隨著胸疾時好時壞，我或胖或瘦或咳出血痰，昨天我讓阿澈跑腿到村裡藥房去買安眠藥加眠錠，結果她買了外盒跟以前不一樣的安眠藥回來。我原本也不以為意，不過因為睡前吞了十顆還是毫無睡意，正想著不太對勁時腸胃就起了異狀，急忙跑到廁所嚴重地拉肚子，而且在那之後還跑了三次。實在是想不透，於是我拿起藥盒仔細一看，才發現原來那是瀉藥「洩莫錠」。

我在肚子上放著熱水袋，仰躺著心想我非唸阿澈幾句不可。

「喂！這不是加眠錠，是洩莫錠。」

話到嘴邊，卻哼哼地笑了出來。看來「廢人」這個字，是個喜劇名詞。想睡覺卻吃了瀉藥，而且瀉藥還叫做：洩莫錠。

現在的我，沒什麼幸與不幸。

一切都會過去。

我過去在「人」的世界裡，如陷十八層地獄的煎熬般過活著。唯一讓我覺得有如真理的，只有這點。

一切都會過去。

我今年，二十七歲。由於驟然白髮，所以在大部分人的眼裡，都以為我已經四十多了。

第三手記

後記

我並不直接認識寫這本手記的瘋子，不過手記裡提及的京橋立式酒吧老闆娘這個人，我倒是見過幾次。她個子嬌小，臉色不是太好，鳳眼細長上揚，鼻子高挺，感覺嚴肅。與其說是美女，倒更像個美少年。看來這本手記主要描寫的場景，是昭和五、六、七年左右的東京，而朋友帶我到京橋那個立式酒吧兩、三次喝高球雞尾酒，則是在昭和十年前後，當時日本「軍部」差不多開始露骨地張牙舞爪，所以我沒能見到寫這本手記的男人。

話說今年二月，我去拜訪因戰爭而疏散到千葉縣船橋市的某位友人。這個朋友是我大學時代所謂的同窗，現在則是某女子大學的講師。我請託這位朋友幫我親戚作媒，因為這件事，想說也買些各式各樣新鮮的海產帶給家人吃，於是便揹著背包到船橋市去。

船橋市緊鄰泥海，是個相當大的城市。我的朋友是新住民，所以即便跟當地人說地址，好像也鮮為人知。因為天氣冷，揹著背包的肩膀開始隱隱作痛，於是在唱片的提琴聲吸引下，我推開了一家咖啡廳的門。

老闆娘很面熟，一問之下，果然她就是十年前京橋那家立式小酒吧的老闆娘。老闆娘似乎也馬上就想起我。我們彼此誇張地又驚又笑，連當時依照慣例會彼此詢問遭到空襲大火烙印的經驗談都跳過，不禁志得意滿地交談。

「是說，您還真是一點都沒變啊。」

「哪裡，已經是老太太了，身體都不聽話了。倒是您，好年輕啊！」

「哪兒的話，小孩都三個了。今天也是為了他們出來買東西的。」

諸如此類，我們交換了久違重逢的友人既定的問候之後，便互相詢問彼此共同的朋友下落，在這之間，老闆娘忽然語氣一轉，問我：你認識小葉嗎？我回答不認識之後，老闆娘就到裡面去拿了三本筆記本和三張照片來交給我說：

「這或許能當成小說的素材吧。」

我個性上無法用別人推薦我的素材寫作，所以原本打算當場就還回去（關於三張照片的詭異，前言已有提及），但心思卻受到照片吸引，於是就暫且保管了筆記，並告訴老闆娘回程我會再過來，還順便問了她認不認識什麼街幾號，在女子大學教書的某某人。不愧同為新住民，她不僅知道，還說這位朋友時而也會到咖啡廳來。住處就在附近。

當夜，我和友人淺酌後住下，直到早上都沒闔眼地熬夜看完了那個手記。

手記裡寫的雖然是過去的事，但相信就算是現代人來看，應該還是會有很大的興趣。與其讓我拙劣地改寫，我覺得直接委託出版社發表似乎還更有意義。

給孩子們當伴手禮的海產，只有魚乾。我揹上背包跟朋友道別，便繞到那家咖啡聽去。

「昨天真是謝謝您。是說……」

我開門見山地說：

「這手記，是不是能夠暫時借給我呢？」

「好啊，別客氣。」

「這個人還活著嗎？」

「嗯，這我完全不知道。大約十年前吧，京橋店裡收到裝了這些手記和照片的小包裹，寄件人一定是小葉，可包裹上卻沒有小葉的住址，甚至連名字都沒寫。空襲的時候，這個跟其他東西混在一起，很奇妙地一起給救了回來，我也是不久前才全部都讀完……」

「哭了嗎？」

「沒，哭是沒哭……不過不行啦，人活成那樣，已經不行了。」

「若是十年前的話，很有可能他已經不在人世了吧？這應該是寄來答謝您的。雖然有些地方看似寫得誇張了些，不過看來您受到的牽連也不小。如果這些全都是事實，而我是這個人的朋友，說不定我也會想把他送去精神療養院也不一定。」

「這都要怪他父親不好啦。」

老闆娘淡淡地說：

「我們認識的小葉，是個相當真性情又體貼的人。只要不喝酒，不，就算是喝了酒，……也還是個好得跟神一樣的孩子啊。」

世間というのは、君じゃないか

はしがき

私は、その男の写真を三葉、見たことがある。

一葉は、その男の、幼年時代、とでも言うべきであろうか、十歳前後かと推定される頃の写真であって、その子供が大勢の女のひとに取りかこまれ、（それは、その子供の姉たち、妹たち、それから、従姉妹（いとこ）たちかと想像される）庭園の池のほとりに、荒い縞の袴（はかま）をはいて立ち、首を三十度ほど左に傾け、醜く笑っている写真である。醜く？　けれども、鈍い人たち（つまり、美醜などに関心を持たぬ人たち）は、面白くも何とも無いような顔をして、

「可愛い坊ちゃんですね」

といい加減なお世辞を言っても、まんざら空（から）お世辞に聞えないくらいの、謂（い）わば通俗の「可愛らしさ」みたいな影もその子供の笑顔に無いわけではないのだが、しかし、いささかでも、美醜に就いての訓練を経て来たひとなら、ひとめ見てすぐ、

「なんて、いやな子供だ」

と頗る不快そうに呟き、毛虫でも払いのける時のような手つきで、その写真をほうり投げるかも知れない。

まったく、その子供の笑顔は、よく見れば見るほど、何とも知れず、イヤな薄気味悪いものが感ぜられて来る。どだい、それは、笑顔でない。この子は、少しも笑ってはいないのだ。その証拠には、この子は、両方のこぶしを固く握って立っている。人間は、こぶしを固く握りながら笑えるものでは無いのである。猿だ。猿の笑顔だ。ただ、顔に醜い皺を寄せているだけなのである。「皺くちゃ坊ちゃん」とでも言いたくなるくらいの、まことに奇妙な、そうして、どこかけがらわしく、へんにひとをムカムカさせる表情の写真であった。私はこれまで、こんな不思議な表情の子供を見た事が、いちども無かった。

第二葉の写真の顔は、これはまた、びっくりするくらいひどく変貌していた。学生の姿である。高等学校時代の写真か、大学時代の写真か、はっきりしないけれども、とにかく、おそろしく美貌の学生である。しかし、これもまた、不思議にも、生きている人間の感じはしなかった。学生服を着て、胸のポケットから白いハンケチを覗かせ、籐椅子に腰かけて足を組み、そうして、やはり、笑っている。こんどの笑顔は、皺くちゃの猿の笑いでなく、かなり巧みな微笑になってはいるが、しかし、人間の笑いと、どこやら違う。血の重さ、とでも言おうか、生命の渋さ、とでも言おうか、そのような充実感は少しも無く、それこそ、鳥のようではなく、羽毛のように軽く、ただ白紙一枚、そうして、笑っている。つまり、一から十まで造り物の感じなのである。キザと言っても足りない。軽薄と言っても足りない。ニヤケと言っても足りない。おしゃれと言っても、もちろん足りない。しかも、よく見ていると、やはりこの美貌の学生にも、どこか怪談じみた気味悪いものが感ぜられて来るのである。私はこれまで、こんな不思議な美貌の青年を見た事が、いちども無かった。

もう一葉の写真は、最も奇怪なものである。まるでもう、としの頃がわからない。頭はいくぶん白髪のようである。それが、ひどく汚い部屋（部屋の壁が三箇所ほど崩れ落ちているのが、その写真にハッキリ写っている）の片隅で、小さい火鉢に両手をかざし、こんどは笑っていない。どんな表情も無い。謂わば、坐って火鉢に両手をかざしながら、自然に死んでいるような、まことにいまわしい、不吉なにおいのする写真であった。奇怪なのは、それだけでない。その写真には、わりに顔が大きく写っていたので、私は、つくづくその顔の構造を調べる事が出来たのであるが、額は平凡、額の皺も平凡、眉も平凡、眼も平凡、鼻も口も顎（あご）も、ああ、この顔には表情が無いばかりか、印象さえ無い。特徴が無いのだ。たとえば、私がこの写真を見て、眼をつぶる。既に私はこの顔を忘れている。部屋の壁や、小さい火鉢は思い出す事が出来るけれども、その部屋の主人公の顔の印象は、すっと霧消して、どうしても、何としても思い出せない。画にならない顔である。漫画にも何もならない顔である。眼をひらく。あ、こんな顔だったのか、思い出した、というようなよろこびさえ無い。極端な言い方をすれば、眼をひらいてその写真を再び見ても、思い出せない。そうして、ただもう不愉快、イライラして、つい眼をそむけたくなる。

所謂（いわゆる）「死相」というものにだって、もっと何か表情なり印象なりがあるものだろうに、人間のからだに駄馬の首でもくっつけたなら、こんな感じのものになるであろうか、とにかく、どこという事なく、見る者をして、ぞっとさせ、いやな気持にさせるのだ。私はこれまで、こんな不思議な男の顔を見た事が、やはり、いちども無かった。

第一の手記

恥の多い生涯を送って来ました。

自分には、人間の生活というものが、見当つかないのです。自分は東北の田舎に生れましたので、汽車をはじめて見たのは、よほど大きくなってからでした。自分は停車場のブリッジを、上って、降りて、そうしてそれが線路をまたぎ越えるために造られたものだという事には全然気づかず、ただそれは停車場の構内を外国の遊戯場みたいに、複雑に楽しく、ハイカラにするためにのみ、設備せられてあるものだとばかり思っていました。しかも、かなり永い間そう思っていたのです。ブリッジの上ったり降りたりは、自分にはむしろ、ずいぶん垢抜けのした遊戯で、それは鉄道のサーヴィスの中でも、最も気のきいたサーヴィスの一つだと思っていたのですが、のちにそれはただ旅客が線路をまたぎ越えるための頗る実利的な階段に過ぎないのを発見して、にわかに興が覚めました。

また、自分は子供の頃、絵本で地下鉄道というものを見て、これもやはり、実利的な必要から案出せられたものではなく、地上の車に乗るよりは、地下の車に乗ったほうが風がわりで面白い遊びだから、とばかり思っていました。

自分は子供の頃から病弱で、よく寝込みましたが、寝ながら、敷布、枕のカヴァ、掛蒲団のカヴァを、つくづく、つまらない装飾だと思い、それが案外に実用品だった事を、二十歳ちかくになってわかって、人間のつましさに暗然とし、悲しい思いをしました。

また、自分は、空腹という事を知りませんでした。いや、それは、自分が衣食住に困らない家に育ったという意味ではなく、そんな馬鹿な意味ではなく、自分には「空腹」という感覚はどんなものだか、さっぱりわからなかったのです。へんな言いかたですが、おなかが空いていても、自分でそれに気がつかないのです。小学校、中学校、自分が学校から帰って来ると、周囲の人たちが、それ、おなかが空いたろう、自分たちにも覚えがある、学校から帰って来た時の空腹は全くひどいからな、甘納豆はどう？　カステラも、パンもあるよ、などと言って騒ぎますので、自分は持ち前のおべっか精神を発揮して、おなかが空いた、と呟いて、甘納豆を十粒ばかり口にほうり込むのですが、空腹感とは、どんなものだか、ちっともわかっていやしなかったのです。

自分だって、それは勿論、大いにものを食べますが、しかし、空腹感から、ものを食べた記憶は、ほとんどありません。めずらしいと思われたものを食べます。豪華と思われたものを食べます。また、よそへ行って出されたものも、無理をしてまで、たいてい食べます。そうして、子供の頃の自分にとって、最も苦痛な時刻は、実に、自分の家の食事の時間でした。

自分の田舎の家では、十人くらいの家族全部、めいめいのお膳を二列に向い合せに並べて、末っ子の自分は、もちろん一ばん下の座でしたが、その食事の部屋は薄暗く、昼ごはんの時など、十幾人の家族が、ただ黙々としてめしを食っている有様には、自分はいつも肌寒い思いをしました。それに田舎の昔気質の家でしたので、おかずも、たいていきまっていて、めずらしいもの、豪華なもの、そんなものは望むべくもなかったので、いよいよ自分は食事の時刻を恐怖しました。自分はその薄暗い部屋の末席に、寒さにがたがた震える思いで口にごはんを少量ずつ運び、押し込み、人間は、どうして一日に三度々々ごはんを食べるのだろう、実にみな厳粛な顔をして食べている、これも一種の儀式のようなもので、家族が日に三度々々、時刻をきめて薄暗い一部屋に集り、お膳を順序正しく並べ、食べたくなくても無言でごはんを噛みながら、うつむき、家中にうごめいている霊たちに祈るためのものかも知れない、とさえ考えた事があるくらいでした。

めしを食べなければ死ぬ、という言葉は、自分の耳には、ただイヤなおどかしとしか聞えませんでした。その迷信は、（いまでも自分には、何だか迷信のように思われてならないのですが）しかし、いつも自分に不安と恐怖を与えました。人間は、めしを食べなければ死ぬから、そのために働いて、めしを食べなければならぬ、という言葉ほど自分にとって難解で晦渋で、そうして脅迫めいた響きを感じさせる言葉は、無かったのです。

つまり自分には、人間の営みというものが未だに何もわかっていない、という事になりそうです。自分の幸福の観念と、世のすべての人たちの幸福の観念とが、まるで食いちがっているような不安、自分はその不安のために夜々、転輾し、呻吟し、発狂しかけた事さえあります。自分は、いったい幸福なのでしょうか。自分は小さい時から、実にしばしば、仕合せ者だと人に言われて来ましたが、自分ではいつも地獄の思いで、かえって、自分を仕合せ者だと言ったひとたちのほうが、比較にも何もならぬくらいずっとずっと安楽なように自分には見えるのです。

自分には、禍いのかたまりが十個あって、その中の一個でも、隣人が脊負ったら、そのの一個だけでも充分に隣人の生命取りになるのではあるまいかと、思った事さえありました。

　つまり、わからないのです。隣人の苦しみの性質、程度が、まるで見当つかないのです。プラクテカルな苦しみ、ただ、めしを食えたらそれで解決できる苦しみ、しかし、それこそ最も強い痛苦で、自分の例の十個の禍いなど、吹っ飛んでしまう程の、凄惨な阿鼻地獄なのかも知れない、それは、わからない、しかし、それにしては、よく自殺もせず、発狂もせず、政党を論じ、絶望せず、屈せず生活のたたかいを続けて行ける、苦しくないんじゃないか？　エゴイストになりきって、しかもそれを当然の事と確信し、いちども自分を疑った事が無いんじゃないか？　それなら、楽だ、しかし、人間というものは、皆そんなもので、またそれで満点なのではないかしら、わからない、……夜はぐっすり眠り、朝は爽快なのかしら、どんな夢を見ているのだろう、道を歩きながら何を考えているのだろう、金？　まさか、それだけでも無いだろう、人間は、めしを食うために生きているのだ、という説は聞いた事があるような気がするけれども、金のために生きている、という言葉は、耳にした事が無い、いや、しかし、ことに依ると、……いや、それもわからない、……考えれば考えるほど、自分には、わからなくなり、自分ひとり全く変っているような、不安と恐怖に襲われるばかりなのです。自分は隣人と、ほとんど会話が出来ません。何を、どう言ったらいいのか、わからないのです。

そこで考え出したのは、道化でした。

それは、自分の、人間に対する最後の求愛でした。自分は、人間を極度に恐れていながら、それでいて、人間を、どうしても思い切れなかったらしいのです。そうして自分は、この道化の一線でわずかに人間につながる事が出来たのでした。おもてでは、絶えず笑顔をつくりながらも、内心は必死の、それこそ千番に一番の兼ね合いとでもいうべき危機一髪の、油汗流してのサーヴィスでした。

自分は子供の頃から、自分の家族の者たちに対してさえ、彼等がどんなに苦しく、またどんな事を考えて生きているのか、まるでちっとも見当つかず、ただおそろしく、その気まずさに堪える事が出来ず、既に道化の上手になっていました。つまり、自分は、いつのまにやら、一言も本当の事を言わない子になっていたのです。

その頃の、家族たちと一緒にうつした写真などを見ると、他の者たちは皆まじめな顔をしているのに、自分ひとり、必ず奇妙に顔をゆがめて笑っているのです。これもまた、自分の幼く悲しい道化の一種でした。

　また自分は、肉親たちに何か言われて、口応(くちごた)えした事はいちども有りませんでした。そのわずかなおこごとは、自分には霹靂(へきれき)の如く強く感ぜられ、狂うみたいになり、口応えどころか、そのおこごとこそ、謂わば万世一系の人間の「真理」とかいうものに違いない、自分にはその真理を行う力が無いのだから、もはや人間と一緒に住めないのではないかしら、と思い込んでしまうのでした。だから自分には、言い争いも自己弁解も出来ないのでした。人から悪く言われると、いかにも、もっとも、自分がひどい思い違いをしているような気がして来て、いつもその攻撃を黙して受け、内心、狂うほどの恐怖を感じました。

　それは誰でも、人から非難せられたり、怒られたりしていい気持がするものでは無いかも知れませんが、自分は怒っている人間の顔に、獅子(しし)よりも鰐(わに)よりも竜よりも、もっとおそろしい動物の本性を見るのです。ふだんは、その本性をかくしているようですけれども、何かの機会に、たとえば、牛が草原でおっとりした形で寝ていて、突如、尻尾(しっぽ)でピシッと腹の虻(あぶ)を打ち殺すみたいに、不意に人間のおそろしい正体を、怒りに依って暴露する様子を見て、自分はいつも髪の逆立つほどの戦慄(せんりつ)を覚え、この本性もまた人間の生きて行く資格の一つなのかも知れないと思えば、ほとんど自分に絶望を感じるのでした。

人間に対して、いつも恐怖に震いおののき、また、人間としての自分の言動に、みじんも自信を持てず、そうして自分ひとりの懊悩（おうのう）は胸の中の小箱に秘め、その憂鬱、ナアヴァスネスを、ひたかくしに隠して、ひたすら無邪気の楽天性を装い、自分はお道化たお変人として、次第に完成されて行きました。

何でもいいから、笑わせておればいいのだ、そうすると、人間たちは、自分が彼等の所謂「生活」の外にいても、あまりそれを気にしないのではないかしら、とにかく、彼等人間たちの目障りになってはいけない、自分は無だ、風だ、空（そら）だ、というような思いばかりが募り、自分はお道化に依って家族を笑わせ、また、家族よりも、もっと不可解でおそろしい下男や下女にまで、必死のお道化のサーヴィスをしたのです。

自分は夏に、浴衣の下に赤い毛糸のセエターを着て廊下を歩き、家中の者を笑わせました。めったに笑わない長兄も、それを見て噴き出し、

「それあ、葉ちゃん、似合わない」

と、可愛くてたまらないような口調で言いました。なに、自分だって、真夏に毛糸のセエターを着て歩くほど、いくら何でも、そんな、暑さ寒さを知らぬお変人ではありません。

姉の脚絆を両腕にはめて、浴衣の袖口から覗かせ、以てセエターを着ているように見せかけていたのです。

自分の父は、東京に用事の多いひとでしたので、上野の桜木町に別荘を持っていて、月の大半は東京のその別荘で暮していました。そうして帰る時には家族の者たち、また親戚の者たちにまで、実におびただしくお土産を買って来るのが、まあ、父の趣味みたいなものでした。

いつかの父の上京の前夜、父は子供たちを客間に集め、こんど帰る時には、どんなお土産がいいか、一人々々に笑いながら尋ね、それに対する子供たちの答をいちいち手帖に書きとめるのでした。父が、こんなに子供たちと親しくするのは、めずらしい事でした。

「葉蔵は?」

と聞かれて、自分は、口ごもってしまいました。

何が欲しいと聞かれると、とたんに、何も欲しくなくなるのでした。どうでもいい、どうせ自分を楽しくさせてくれるものなんか無いんだという思いが、ちらと動くのです。と、同時に、人から与えられるものを、どんなに自分の好みに合わなくても、それを拒む事も出来ませんでした。イヤな事を、イヤと言えず、また、好きな事も、おずおずと盗むように、極めてにがく味(あじわ)い、そうして言い知れぬ恐怖感にもだえるのでした。つまり、自分には、二者選一の力さえ無かったのです。これが、後年に到り、いよいよ自分の所謂「恥の多い生涯」の、重大な原因ともなる性癖の一つだったように思われます。

自分が黙って、もじもじしているので、父はちょっと不機嫌な顔になり、

「やはり、本か。浅草の仲店にお正月の獅子舞いのお獅子、子供がかぶって遊ぶのには手頃な大きさのが売っていたけど、欲しくないか」

欲しくないか、と言われると、もうダメなんです。お道化た返事も何も出来やしないんです。お道化役者は、完全に落第でした。

「本が、いいでしょう」

長兄は、まじめな顔をして言いました。

「そうか」

父は、興覚め顔に手帖に書きとめもせず、パチと手帖を閉じました。

何という失敗、自分は父を怒らせた、父の復讐(ふくしゅう)は、きっと、おそるべきものに違いない、いまのうちに何とかして取りかえしのつかぬものか、とその夜、蒲団の中でがたがた震えながら考え、そっと起きて客間に行き、父が先刻、手帖をしまい込んだ筈の机の引き出しをあけて、手帖を取り上げ、パラパラめくって、お土産の注文記入の個所を見つけ、手帖の鉛筆をなめて、シシマイ、と書いて寝ました。自分はその獅子舞いのお獅子を、ちっとも欲しくは無かったのです。かえって、本のほうがいいくらいでした。けれども、自分は、父がそのお獅子を自分に買って与えたいのだという事に気がつき、父のその意向に迎合して、父の機嫌を直したいばかりに、深夜、客間に忍び込むという冒険を、敢えておかしたのでした。

そうして、この自分の非常の手段は、果して思いどおりの大成功を以て報いられました。やがて、父は東京から帰って来て、母に大声で言っているのを、自分は子供部屋で聞いていました。

「仲店のおもちゃ屋で、この手帖を開いてみたら、これ、ここに、シシマイ、と書いてある。これは、私の字ではない。はてな？　と首をかしげて、思い当りました。これは、葉蔵のいたずらですよ。あいつは、私が聞いた時には、にやにやして黙っていたが、あとで、どうしてもお獅子が欲しくてたまらなくなったんだね。何せ、どうも、あれは、変った坊主ですからね。知らん振りして、ちゃんと書いている。そんなに欲しかったのなら、そう言えばよいのに。私は、おもちゃ屋の店先で笑いましたよ。葉蔵を早くここへ呼びなさい」

　また一方、自分は、下男や下女たちを洋室に集めて、下男のひとりに滅茶苦茶にピアノのキイをたたかせ、（田舎ではありましたが、その家には、たいていのものが、そろっていました）自分はその出鱈目の曲に合せて、インデヤンの踊りを踊って見せて、皆を大笑いさせました。次兄は、フラッシュを焚いて、自分のインデヤン踊りを撮影して、その写真が出来たのを見ると、自分の腰布（それは更紗の風呂敷でした）の合せ目から、小さいおチンポが見えていたので、これがまた家中の大笑いでした。自分にとって、これまた意外の成功というべきものだったかも知れません。

　自分は毎月、新刊の少年雑誌を十冊以上も、とっていて、またその他にも、さまざまの本を東京から取り寄せて黙って読んでいましたので、メチャラクチャラ博士だの、また、ナンジャモンジャ博士などとは、たいへんな馴染で、また、怪談、講談、落語、江戸小咄などの類にも、かなり通じていましたから、剽軽な事をまじめな顔をして言って、家の者たちを笑わせるのには事を欠きませんでした。

しかし、嗚呼、学校！

自分は、そこでは、尊敬されかけていたのです。尊敬されるという観念もまた、甚だ自分を、おびえさせました。ほとんど完全に近く人をだまして、そうして、或るひとりの全知全能の者に見破られ、木っ葉みじんにやられて、死ぬる以上の赤恥をかかせられる、それが、「尊敬される」という状態の自分の定義でありました。人間をだまして、「尊敬され」ても、誰かひとりが知っている、そうして、人間たちも、やがて、そのひとりから教えられて、だまされた事に気づいた時、その時の人間たちの怒り、復讐は、いったい、まあ、どんなでしょうか。想像してさえ、身の毛がよだつ心地がするのです。

自分は、金持ちの家に生れたという事よりも、俗にいう「できる」事に依って、学校中の尊敬を得そうになりました。自分は、子供の頃から病弱で、よく一つき二つき、また一学年ちかくも寝込んで学校を休んだ事さえあったのですが、それでも、病み上りのからだで人力車に乗って学校へ行き、学年末の試験を受けてみると、クラスの誰よりも所謂「できて」いるようでした。からだ具合いのよい時でも、自分は、さっぱり勉強せず、学校へ行っても授業時間に漫画などを書き、休憩時間にはそれをクラスの者たちに説明して聞かせて、笑わせてやりました。また、綴り方には、滑稽噺ばかり書き、先生から注意されても、しかし、自分は、やめませんでした。先生は、実はこっそり自分のその滑稽噺を楽しみにしている事を自分は、知っていたからでした。或る日、自分は、れいに依って、自分が母に連れられて上京の途中の汽車で、おしっこを客車の通路にある痰壺にしてしまった失敗談（しかし、その上京の時に、自分は痰壺と知らずにしたのではありませんでした。子供の無邪気をてらって、わざと、そうしたのでした）を、ことさらに悲しそうな筆致で書いて提出し、先生は、きっと笑うという自信がありましたので、職員室に引き揚げて行く先生のあとを、そっとつけて行きましたら、先生は、教室を出るとすぐ、自分のその綴り方を、他のクラスの者たちの綴り方の中から選び出し、廊下を歩きながら読みはじめて、クスクス笑い、やがて職員室にはいって読み終えたのか、顔を真赤にして大声を挙げて笑い、他の先生に、さっそくそれを読ませているのを見とどけ、自分は、たいへん満足でした。

お茶目。

自分は、所謂お茶目に見られる事に成功しました。尊敬される事から、のがれる事に成功しました。通信簿は全学科とも十点でしたが、操行というものだけは、七点だったり、六点だったりして、それもまた家中の大笑いの種でした。

けれども自分の本性は、そんなお茶目さんなどとは、凡そ対蹠的なものでした。その頃、既に自分は、女中や下男から、哀しい事を教えられ、犯されていました。幼少の者に対して、そのような事を行うのは、人間の行い得る犯罪の中で最も醜悪で下等で、残酷な犯罪だと、自分はいまでは思っています。しかし、自分は、忍びました。これでまた一つ、人間の特質を見たというような気持さえして、そうして、力無く笑っていました。もし自分に、本当の事を言う習慣がついていたなら、悪びれず、彼等の犯罪を父や母に訴える事が出来たのかも知れませんが、しかし、自分は、その父や母をも全部は理解する事が出来なかったのです。人間に訴える、自分は、その手段には少しも期待できませんでした。父に訴えても、母に訴えても、お巡りに訴えても、政府に訴えても、結局は世渡りに強い人の、世間に通りのいい言いぶんに言いまくられるだけの事では無いかしら。

必ず片手落のあるのが、わかり切っている、所詮、人間に訴えるのは無駄である、自分はやはり、本当の事は何も言わず、忍んで、そうしてお道化をつづけているより他、無い気持なのでした。

なんだ、人間への不信を言っているのか？ へえ？ お前はいつクリスチャンになったんだい、と嘲笑（ちょうしょう）する人も或いはあるかも知れませんが、しかし、人間への不信は、必ずしもすぐに宗教の道に通じているとは限らないと、自分には思われるのですけど。現にその嘲笑する人をも含めて、人間は、お互いの不信の中で、エホバも何も念頭に置かず、平気で生きているではありませんか。やはり、自分の幼少の頃の事でありましたが、父の属していた或る政党の有名人が、この町に演説に来て、自分は下男たちに連れられて劇場に聞きに行きました。満員で、そうして、この町の特に父と親しくしている人たちの顔は皆、見えて、大いに拍手などしていました。演説がすんで、聴衆は雪の夜道を三々五々かたまって家路に就き、クソミソに今夜の演説会の悪口を言っているのでした。中には、父と特に親しい人の声もまじっていました。父の開会の辞も下手、れいの有名人の演説も何が何やら、わけがわからぬ、とその所謂父の「同志たち」が怒声に似た口調で言っているのです。そうしてそのひとたちは、自分の家に立ち寄って客間に上り込み、今夜の演説会は大成功だったと、しんから嬉しそうな顔をして父に言っていました。下男たちまで、今夜の演説会はどうだったと母に聞かれ、とても面白かった、と言ってけろりとしているのです。

演説会ほど面白くないものはない、と帰る途々（みちみち）、下男たちが嘆き合っていたのです。

しかし、こんなのは、ほんのささやかな一例に過ぎません。互いにあざむき合って、しかもいずれも不思議に何の傷もつかず、あざむき合っている事にさえ気がついていないみたいな、実にあざやかな、それこそ清く明るくほがらかな不信の例が、人間の生活に充満しているように思われます。けれども、自分には、あざむき合っているという事には、さして特別の興味もありません。自分だって、お道化に依って、朝から晩まで人間をあざむいているのです。自分は、修身教科書的な正義とか何とかいう道徳には、あまり関心を持てないのです。自分には、あざむき合っていながら、清く明るく朗らかに生きている、或いは生き得る自信を持っているみたいな人間が難解なのです。人間は、ついに自分にその妙諦（みょうてい）を教えてはくれませんでした。それさえわかったら、自分は、人間をこんなに恐怖し、また、必死のサーヴィスなどしなくて、すんだのでしょう。人間の生活と対立してしまって、夜々の地獄のこれほどの苦しみを嘗（な）めずにすんだのでしょう。つまり、自分が下男下女たちの憎むべきあの犯罪をさえ、誰にも訴えなかったのは、人間への不信からではなく、また勿論クリスト主義のためでもなく、人間が、葉蔵という自分に対して信用の殻を固く閉じていたからだったと思います。父母でさえ、自分にとって難解なものを、時折、見せる事があったのですから。

そうして、その、誰にも訴えない、自分の孤独の匂いが、多くの女性に、本能に依って嗅ぎ当てられ、後年さまざま、自分がつけ込まれる誘因の一つになったような気もするのです。

つまり、自分は、女性にとって、恋の秘密を守れる男であったというわけなのでした。

第二の手記

海の、波打際、といってもいいくらいに海にちかい岸辺に、真黒い樹肌の山桜の、かなり大きいのが二十本以上も立ちならび、新学年がはじまると、山桜は、褐色のねばっこいような嫩葉（わかば）と共に、青い海を背景にして、その絢爛（けんらん）たる花をひらき、やがて、花吹雪の時には、花びらがおびただしく海に散り込み、海面を鏤（ちりば）めて漂い、波に乗せられ再び波打際に打ちかえされる、その桜の砂浜が、そのまま校庭として使用せられている東北の或る中学校に、自分は受験勉強もろくにしなかったのに、どうやら無事に入学できました。そうして、その中学の制帽の徽章（きしょう）にも、制服のボタンにも、桜の花が図案化せられて咲いていました。

その中学校のすぐ近くに、自分の家と遠い親戚に当る者の家がありましたので、その理由もあって、父がその海と桜の中学校を自分に選んでくれたのでした。自分は、その家にあずけられ、何せ学校のすぐ近くなので、朝礼の鐘の鳴るのを聞いてから、走って登校するというような、かなり怠惰な中学生でしたが、それでも、れいのお道化に依って、日一日とクラスの人気を得ていました。

生れてはじめて、謂わば他郷へ出たわけなのですが、自分には、その他郷のほうが、自分の生れ故郷よりも、ずっと気楽な場所のように思われました。それは、自分のお道化もその頃にはいよいよぴったり身について来て、人をあざむくのに以前ほどの苦労を必要としなくなっていたからである、と解説してもいいでしょうが、しかし、それよりも、肉親と他人、故郷と他郷、そこには抜くべからざる演技の難易の差が、どのような天才にとっても、たとい神の子のイエスにとっても、存在しているものなのではないでしょうか。俳優にとって、最も演じにくい場所は、故郷の劇場であって、しかも六親眷属全部そろって坐っている一部屋の中に在っては、いかな名優も演技どころでは無くなるのではないでしょうか。けれども自分は演じて来ました。しかも、それが、かなりの成功を収めたのです。それほどの曲者が、他郷に出て、万が一にも演じ損ねるなどという事は無いわけでした。

自分の人間恐怖は、それは以前にまさるとも劣らぬくらい烈しく胸の底で蠕動していましたが、しかし、演技は実にのびのびとして来て、教室にあっては、いつもクラスの者たちを笑わせ、教師も、このクラスは大庭さえいないと、とてもいいクラスなんだが、と言葉では嘆じながら、手で口を覆って笑っていました。自分は、あの雷の如き蛮声を張り上げる配属将校をさえ、実に容易に噴き出させる事が出来たのです。

もはや、自分の正体を完全に隠蔽し得たのではあるまいか、とほっとしかけた矢先に、自分は実に意外にも背後から突き刺されました。それは、背後から突き刺す男のごたぶんにもれず、クラスで最も貧弱な肉体をして、顔も青ぶくれで、そうしてたしかに父兄のお古と思われる袖が聖徳太子の袖みたいに長すぎる上衣を着て、学課は少しも出来ず、教練や体操はいつも見学という白痴に似た生徒でした。自分もさすがに、その生徒にさえ警戒する必要は認めていなかったのでした。

その日、体操の時間に、その生徒（姓はいま記憶していませんが、名は竹一といったかと覚えています）その竹一は、れいに依って見学、自分たちは鉄棒の練習をさせられていました。自分は、わざと出来るだけ厳粛な顔をして、鉄棒めがけて、えいっと叫んで飛び、そのまま幅飛びのように前方へ飛んでしまって、砂地にドスンと尻餅をつきました。すべて、計画的な失敗でした。果して皆の大笑いになり、自分も苦笑しながら起き上ってズボンの砂を払っていると、いつそこへ来ていたのか、竹一が自分の背中をつつき、低い声でこう囁きました。

「ワザ。ワザ」

自分は震撼しました。ワザと失敗したという事を、人もあろうに、竹一に見破られるとは全く思いも掛けない事でした。自分は、世界が一瞬にして地獄の業火に包まれて燃え上るのを眼前に見るような心地がして、わあっ！　と叫んで発狂しそうな気配を必死の力で抑えました。

それからの日々の、自分の不安と恐怖。

表面は相変らず哀しいお道化を演じて皆を笑わせていましたが、ふっと思わず重苦しい溜息が出て、何をしたってすべて竹一に木っ葉みじんに見破られていて、そうしてあれは、そのうちにきっと誰かれとなく、それを言いふらして歩くに違いないのだ、と考えると、額にじっとり油汗がわいて来て、狂人みたいに妙な眼つきで、あたりをキョロキョロむなしく見廻したりしました。できる事なら、朝、昼、晩、四六時中、竹一の傍から離れず彼が秘密を口走らないように監視していたい気持でした。そうして、自分が、彼にまつわりついている間に、自分のお道化は、所謂「ワザ」では無くて、ほんものであったというよう思い込ませるようにあらゆる努力を払い、あわよくば、彼と無二の親友になってしまいたいものだ、もし、その事が皆、不可能なら、もはや、彼の死を祈るより他は無い、とさえ思いつめました。しかし、さすがに、彼を殺そうという気だけは起りませんでした。自分は、これまでの生涯に於(お)いて、人に殺されたいと願望した事は幾度となくありましたが、人を殺したいと思った事は、いちどもありませんでした。それは、おそるべき相手に、かえって幸福を与えるだけの事だと考えていたからです。

自分は、彼を手なずけるため、まず、顔に偽クリスチャンのような「優しい」媚笑(びしょう)を湛(たた)え、首を三十度くらい左に曲げて、彼の小さい肩を軽く抱き、そうして猫撫(ねこな)で声に似た甘ったるい声で、彼を自分の寄宿している家に遊びに来るようしばしば誘いましたが、彼は、いつも、ぼんやりした眼つきをして、黙っていました。しかし、自分は、或る日の放課後、たしか初夏の頃の事でした、夕立ちが白く降って、生徒たちは帰宅に困っていたようでしたが、自分は家がすぐ近くなので平気で外へ飛び出そうとして、ふと下駄箱のかげに、竹一がしょんぼり立っているのを見つけ、行こう、傘を貸してあげる、と言い、臆する竹一の手を引っぱって、一緒に夕立ちの中を走り、家に着いて、二人の上衣を小母さんに乾かしてもらうようにたのみ、竹一を二階の自分の部屋に誘い込むのに成功しました。

その家には、五十すぎの小母さんと、三十くらいの、眼鏡をかけて、病身らしい背の高い姉娘（この娘は、いちどよそへお嫁に行って、それからまた、家へ帰っているひとでした。自分は、このひとを、ここの家のひとたちにならって、アネサと呼んでいました）それと、最近女学校を卒業したばかりらしい、セッちゃんという姉に似ず背が低く丸顔の妹娘と、三人だけの家族で、下の店には、文房具やら運動用具を少々並べていましたが、主な収入は、なくなった主人が建てて残して行った五六棟の長屋の家賃のようでした。

「耳が痛い」

竹一は、立ったままでそう言いました。

「雨に濡れたら、痛くなったよ」

自分が、見てみると、両方の耳が、ひどい耳だれでした。膿（うみ）が、いまにも耳殻の外に流れ出ようとしていました。

「これは、いけない。痛いだろう」

と自分は大袈裟（おおげさ）におどろいて見せて、

「雨の中を、引っぱり出したりして、ごめんね」

と女の言葉みたいな言葉を遣って「優しく」謝り、それから、下へ行って綿とアルコールをもらって来て、竹一を自分の膝(ひざ)を枕にして寝かせ、念入りに耳の掃除をしてやりました。竹一も、さすがに、これが偽善の悪計であることには気附かなかったようで、

「お前は、きっと、女に惚(ほ)れられるよ」

と自分の膝枕で寝ながら、無智なお世辞を言ったくらいでした。

しかしこれは、おそらく、あの竹一も意識しなかったほどの、おそろしい悪魔の予言のようなものだったという事を、自分は後年に到って思い知りました。惚れると言い、惚れられると言い、その言葉はひどく下品で、ふざけて、いかにも、やにさがったものの感じで、どんなに所謂「厳粛」の場であっても、そこへこの言葉が一言でもひょいと顔を出すと、みるみる憂鬱の伽藍(がらん)が崩壊し、ただのっぺらぼうになってしまうような心地がするものですけれども、惚れられるつらさ、などという俗語でなく、愛せられる不安、とでもいう文学語を用いると、あながち憂鬱の伽藍をぶちこわす事にはならないようですから、奇妙なものだと思います。

竹一が、自分に耳だれの膿の仕末をしてもらって、お前は惚れられるという馬鹿なお世辞を言い、自分はその時、ただ顔を赤らめて笑って、何も答えませんでしたけれども、しかし、実は、幽かに思い当るところもあったのでした。でも、「惚れられる」というような野卑な言葉に依って生じるやにさがった雰囲気に対して、そう言われると、思い当るところもある、などと書くのは、ほとんど落語の若旦那のせりふにさえならぬくらい、おろかしい感懐を示すようなもので、まさか、自分は、そんなふざけた、やにさがった気持で、「思い当るところもあった」わけでは無いのです。

自分には、人間の女性のほうが、男性よりもさらに数倍難解でした。自分の家族は、女性のほうが男性よりも数が多く、また親戚にも、女の子がたくさんあり、またれいの「犯罪」の女中などもいまして、自分は幼い時から、女とばかり遊んで育ったといっても過言ではないと思っていますが、それは、また、しかし、実に、薄氷を踏む思いで、その女のひとたちと附合って来たのです。ほとんど、まるで見当が、つかないのです。五里霧中で、そうして時たま、虎の尾を踏む失敗をして、ひどい痛手を負い、それがまた、男性から受ける笞とちがって、内出血みたいに極度に不快に内攻して、なかなか治癒し難い傷でした。

女は引き寄せて、つっ放す、或いはまた、女は、人のいるところでは自分をさげすみ、邪慳にし、誰もいなくなると、ひしと抱きしめる、女は死んだように深く眠る、女は眠るために生きているのではないかしら、その他、女に就いてのさまざまの観察を、すでに自分は、幼年時代から得ていたのですが、同じ人類のようでありながら、男とはまた、全く異った生きもののような感じで、そうしてまた、この不可解で油断のならぬ生きものは、奇妙に自分をかまうのでした。「惚れられる」なんていう言葉も、また「好かれる」という言葉も、自分の場合にはちっとも、ふさわしくなく、「かまわれる」とでも言ったほうが、まだしも実状の説明に適しているかも知れません。

女は、男よりも更に、道化には、くつろぐようでした。自分がお道化を演じ、男はさすがにいつまでもゲラゲラ笑ってもいませんし、それに自分も男のひとに対し、調子に乗ってあまりお道化を演じすぎると失敗するという事を知っていましたので、必ず適当のところで切り上げるように心掛けていましたが、女は適度という事を知らず、いつまでもいつまでも、自分にお道化を要求し、自分はその限りないアンコールに応じて、へとへとになるのでした。実に、よく笑うのです。いったいに、女は、男よりも快楽をよけいに頬張る事が出来るようです。

自分が中学時代に世話になったその家の姉娘も、妹娘も、ひまさえあれば、二階の自分

の部屋にやって来て、自分はその度毎に飛び上らんばかりにぎょっとして、そうして、ひたすらおびえ、

「御勉強?」

「いいえ」

と微笑して本を閉じ、

「きょうね、学校でね、コンボウという地理の先生がね」

とするする口から流れ出るものは、心にも無い滑稽噺でした。

「葉ちゃん、眼鏡をかけてごらん」

或る晩、妹娘のセッちゃんが、アネサと一緒に自分の部屋へ遊びに来て、さんざん自分にお道化を演じさせた揚句の果に、そんな事を言い出しました。

「なぜ?」

「いいから、かけてごらん。アネサの眼鏡を借りなさい」

いつでも、こんな乱暴な命令口調で言うのでした。道化師は、素直にアネサの眼鏡をかけました。とたんに、二人の娘は、笑いころげました。

「そっくり。ロイドに、そっくり」

当時、ハロルド・ロイドとかいう外国の映画の喜劇役者が、日本で人気がありました。

自分は立って片手を挙げ、

「諸君」

と言い、

「このたび、日本のファンの皆様がたに、……」

と一場の挨拶を試み、さらに大笑いさせて、それから、ロイドの映画がそのまちの劇場に来るたび毎に見に行って、ひそかに彼の表情などを研究しました。

また、或る秋の夜、自分が寝ながら本を読んでいると、アネサが鳥のように素早く部屋へはいって来て、いきなり自分の掛蒲団の上に倒れて泣き、

「葉ちゃんが、あたしを助けてくれるのだわね。そうだわね。こんな家、一緒に出てしまったほうがいいのだわ。助けてね。助けて」

などと、はげしい事を口走っては、また泣くのでした。けれども、自分には、女から、こんな態度を見せつけられるのは、これが最初ではありませんでしたので、アネサの過激な言葉にも、さして驚かず、かえってその陳腐、無内容に興が覚めた心地で、そっと蒲団から脱け出し、机の上の柿をむいて、その一きれをアネサに手渡してやりました。すると、アネサは、しゃくり上げながらその柿を食べ、

「何か面白い本が無い？　貸してよ」

と言いました。

自分は漱石の「吾輩は猫である」という本を、本棚から選んであげました。

「ごちそうさま」

アネサは、恥ずかしそうに笑って部屋から出て行きましたが、このアネサに限らず、いったい女は、どんな気持で生きているのかを考える事は、自分にとって、蚯蚓(みみず)の思いをさぐるよりも、ややこしく、わずらわしく、薄気味の悪いものに感ぜられていました。ただ、自分は、女があんなに急に泣き出したりした場合、何か甘いものを手渡してやると、それを食べて機嫌を直すという事だけは、幼い時から、自分の経験に依って知っていました。

また、妹娘のセッちゃんは、その友だちまで自分の部屋に連れて来て、自分がれいに依って公平に皆を笑わせ、友だちが帰ると、セッちゃんは、必ずその友だちの悪口を言うのでした。あのひとは不良少女だから、気をつけるように、ときまって言うのでした。そんなら、わざわざ連れて来なければ、よいのに、おかげで自分の部屋の来客の、ほとんど全部が女、という事になってしまいました。

しかし、それは、竹一のお世辞の「惚れられる」事の実現では未だ決して無かったのでした。つまり、自分は、日本の東北のハロルド・ロイドに過ぎなかったのです。竹一の無智なお世辞が、いまわしい予言として、なまなまと生きて来て、不吉な形貌を呈するようになったのは、更にそれから、数年経った後の事でありました。

竹一は、また、自分にもう一つ、重大な贈り物をしていました。

「お化けの絵だよ」

いつか竹一が、自分の二階へ遊びに来た時、ご持参の、一枚の原色版の口絵を得意そうに自分に見せて、そう説明しました。

おや？　と思いました。その瞬間、自分の落ち行く道が決定せられたように、後年に到って、そんな気がしてなりません。自分は、知っていました。それは、ゴッホの例の自画像に過ぎないのを知っていました。自分たちの少年の頃には、日本ではフランスの所謂印象派の画が大流行していて、洋画鑑賞の第一歩を、たいていこのあたりからはじめたもので、ゴッホ、ゴーギャン、セザンヌ、ルナアルなどというひとの絵は、田舎の中学生でも、たいていその写真版を見て知っていたのでした。自分なども、ゴッホの原色版をかなりたくさん見て、タッチの面白さ、色彩の鮮やかさに興趣を覚えてはいたのですが、しかし、お化けの絵、だとは、いちども考えた事が無かったのでした。

「では、こんなのは、どうかしら。やっぱり、お化けかしら」

自分は本棚から、モジリアニの画集を出し、焼けた赤銅のような肌の、れいの裸婦の像を竹一に見せました。

「すげえなあ」

竹一は眼を丸くして感嘆しました。

「地獄の馬みたい」

「やっぱり、お化けかね」

「おれも、こんなお化けの絵がかきたいよ」

あまりに人間を恐怖している人たちは、かえって、もっともっと、おそろしい妖怪(ようかい)を確実にこの眼で見たいと願望するに到る心理、神経質な、ものにおびえ易い人ほど、暴風雨の更に強からん事を祈る心理、ああ、この一群の画家たちは、人間という化け物に傷(いた)めつけられ、おびやかされた揚句の果、ついに幻影を信じ、白昼の自然の中に、ありありと妖怪を見たのだ、しかも彼等は、それを道化などでごまかさず、見えたままの表現に努力したのだ、竹一の言うように、敢然と「お化けの絵」をかいてしまったのだ、ここに将来の

自分の、仲間がいる、と自分は、涙が出たほどに興奮し、

「僕も画くよ。お化けの絵を画くよ。地獄の馬を、画くよ」

と、なぜだか、ひどく声をひそめて、竹一に言ったのでした。

自分は、小学校の頃から、絵はかくのも、見るのも好きでした。けれども、自分のかいた絵は、自分の綴り方ほどには、周囲の評判が、よくありませんでした。自分は、どだい人間の言葉を一向に信用していませんでしたので、綴り方などは、自分にとって、ただお道化の御挨拶みたいなもので、小学校、中学校、と続いて先生たちを狂喜させて来ましたが、しかし、自分では、さっぱり面白くなく、絵だけは、（漫画などは別ですけれども）その対象の表現に、幼い我流ながら、多少の苦心を払っていました。学校の図画のお手本はつまらないし、先生の絵は下手くそだし、自分は、全く出鱈目にさまざまの表現法を自分で工夫して試みなければならないのでした。中学校へはいって、自分は油絵の道具も一揃い持っていましたが、しかし、そのタッチの手本を、印象派の画風に求めても、自分の画いたものは、まるで千代紙細工のようにのっぺりして、ものになりそうもありませんでした。けれども自分は、竹一の言葉に依って、自分のそれまでの絵画に対する心構えが、

まるで間違っていた事に気が附きました。美しいと感じたものを、そのまま美しく表現しようと努力する甘さ、おろかしさ。マイスターたちは、何でも無いものを、主観に依って美しく創造し、或いは醜いものに嘔吐をもよおしながらも、それに対する興味を隠さず、表現のよろこびにひたっている、つまり、人の思惑に少しもたよっていないらしいという、画法のプリミチヴな虎の巻を、竹一から、さずけられて、れいの女の来客たちには隠して、少しずつ、自画像の制作に取りかかってみました。

自分でも、ぎょっとしたほど、陰惨な絵が出来上りました。しかし、これこそ胸底にひた隠しに隠している自分の正体なのだ、おもては陽気に笑い、また人を笑わせているけれども、実は、こんな陰鬱な心を自分は持っているのだ、仕方が無い、とひそかに肯定し、けれどもその絵は、竹一以外の人には、さすがに誰にも見せませんでした。自分のお道化の底の陰惨を見破られ、急にケチくさく警戒せられるのもいやでしたし、また、これを自分の正体とも気づかず、やっぱり新趣向のお道化と見なされ、大笑いの種にせられるかも知れぬという懸念もあり、それは何よりもつらい事でしたので、その絵はすぐに押入れの奥深くしまい込みました。

また、学校の図画の時間にも、自分はあの「お化け式手法」は秘めて、いままでどおりの美しいものを美しく画く式の凡庸なタッチで画いていました。

自分は竹一にだけは、前から自分の傷み易い神経を平気で見せていましたし、こんどの自画像も安心して竹一に見せ、たいへんほめられ、さらに二枚三枚と、お化けの絵を画きつづけ、竹一からもう一つの、

「お前は、偉い絵画きになる」

という予言を得たのでした。

惚れられるという予言と、偉い絵画きになるという予言と、この二つの予言を馬鹿の竹一に依って額に刻印せられて、やがて、自分は東京へ出て来ました。

自分は、美術学校にはいりたかったのですが、父は、前から自分を高等学校にいれて、末は官吏にするつもりで、自分にもそれを言い渡してあったので、口応え一つ出来ないたちの自分は、ぼんやりそれに従ったのでした。四年から受けて見よ、と言われたので、自分も桜と海の中学はもういい加減あきていましたし、五年に進級せず、四年修了のままで、東京の高等学校に受験して合格し、すぐに寮生活にはいりましたが、その不潔と粗暴に辟（へき）

易して、道化どころではなく、医師に肺浸潤の診断書を書いてもらい、寮から出て、上野桜木町の父の別荘に移りました。自分には、団体生活というものが、どうしても出来ません。それにまた、青春の感激だとか、若人の誇りだとかいう言葉は、聞いて寒気がして来て、とても、あの、ハイスクール・スピリットとかいうものには、ついて行けなかったのです。教室も寮も、ゆがめられた性慾の、はきだめみたいな気さえして、自分の完璧に近いお道化も、そこでは何の役にも立ちませんでした。

　父は議会の無い時は、月に一週間か二週間しかその家に滞在していませんでしたので、父の留守の時は、かなり広いその家に、別荘番の老夫婦と自分と三人だけで、自分は、ちょいちょい学校を休んで、さりとて東京見物などをする気も起らず（自分はとうとう、明治神宮も、楠正成の銅像も、泉岳寺の四十七士の墓も見ずに終りそうです）家で一日中、本を読んだり、絵をかいたりしていました。父が上京して来ると、自分は、毎朝そそくさと登校するのでしたが、しかし、本郷千駄木町の洋画家、安田新太郎氏の画塾に行き、三時間も四時間も、デッサンの練習をしている事もあったのです。高等学校の寮から脱けたら、学校の授業に出ても、自分はまるで聴講生みたいな特別の位置にいるような、それは自分のひがみかも知れなかったのですが、何とも自分自身で白々しい気持がして来て、いっそう学校へ行くのが、おっくうになったのでした。自分には、小学校、中学校、高等学校を通じて、ついに愛校心というものが理解できずに終りました。校歌などというものも、いちども覚えようとした事がありません。

自分は、やがて画塾で、或る画学生から、酒と煙草と淫売婦と質屋と左翼思想とを知らされました。妙な取合せでしたが、しかし、それは事実でした。

その画学生は、堀木正雄といって、東京の下町に生れ、自分より六つ年長者で、私立の美術学校を卒業して、家にアトリエが無いので、この画塾に通い、洋画の勉強をつづけているのだそうです。

「五円、貸してくれないか」

お互いただ顔を見知っているだけで、それまで一言も話合った事が無かったのです。自分は、へどもどして五円差し出しました。

「よし、飲もう。おれが、お前におごるんだ。よかチゴじゃのう」

自分は拒否し切れず、その画塾の近くの、蓬莱町のカフエに引っぱって行かれたのが、彼との交友のはじまりでした。

「前から、お前に眼をつけていたんだ。それそれ、そのはにかむような微笑、それが見込みのある芸術家特有の表情なんだ。お近づきのしるしに、乾杯！　キヌさん、こいつは美男子だろう？　惚れちゃいけないぜ。こいつが塾へ来たおかげで、残念ながらおれは、第二番の美男子という事になった」

堀木は、色が浅黒く端正な顔をしていて、画学生には珍らしく、ちゃんとした脊広(せびろ)を着て、ネクタイの好みも地味で、そうして頭髪もポマードをつけてまん中からぺったりとわけていました。

自分は馴れぬ場所でもあり、ただもうおそろしく、腕を組んだりほどいたりして、それこそ、はにかむような微笑ばかりしていましたが、ビイルを二、三杯飲んでいるうちに、妙に解放せられたような軽さを感じて来たのです。

「僕は、美術学校にはいろうと思っていたんですけど、……」

「いや、つまらん。あんなところは、つまらん。学校は、つまらん。われらの教師は、自然の中にあり！　自然に対するパアトス！」

　しかし、自分は、彼の言う事に一向に敬意を感じませんでした。馬鹿なひとだ、絵も下手にちがいない、しかし、遊ぶのには、いい相手かも知れないと考えました。つまり、自分はその時、生れてはじめて、ほんものの都会の与太者を見たのでした。それは、自分と形は違っていても、やはり、この世の人間の営みから完全に遊離してしまって、戸迷いしている点に於いてだけは、たしかに同類なのでした。そうして、彼はそのお道化を意識せずに行い、しかも、そのお道化の悲惨に全く気がついていないのが、自分と本質的に異色のところでした。

　ただ遊ぶだけだ、遊びの相手として附合っているだけだ、とつねに彼を軽蔑(けいべつ)し、時には彼との交友を恥ずかしくさえ思いながら、彼と連れ立って歩いているうちに、結局、自分は、この男にさえ打ち破られました。

　しかし、はじめは、この男を好人物、まれに見る好人物とばかり思い込み、さすが人間恐怖の自分も全く油断をして、東京のよい案内者が出来た、くらいに思っていました。自分は、実は、ひとりでは、電車に乗ると車掌がおそろしく、歌舞伎座へはいりたくても、あの正面玄関の緋（ひ）の絨緞（じゅうたん）が敷かれてある階段の両側に並んで立っている案内嬢たちがおそろしく、レストランへはいると、自分の背後にひっそり立って、皿のあくのを待っている給仕のボーイがおそろしく、殊にも勘定を払う時、ああ、ぎごちない自分の手つき、自分は買い物をしてお金を手渡す時には、吝嗇（りんしょく）ゆえでなく、あまりの緊張、あまりの恥ずかしさ、あまりの不安、恐怖に、くらくら目まいして、世界が真暗になり、ほとんど半狂乱の気持になってしまって、値切るどころか、お釣を受け取るのを忘れるばかりでなく、買った品物を持ち帰るのを忘れた事さえ、しばしばあったほどなので、とても、ひとりで東京のまちを歩けず、それで仕方なく、一日一ぱい家の中で、ごろごろしていたという内情もあったのでした。

　それが、堀木に財布を渡して一緒に歩くと、堀木は大いに値切って、しかも遊び上手というのか、わずかなお金で最大の効果のあるような支払い振りを発揮し、また、高い円タクは敬遠して、電車、バス、ポンポン蒸気など、それぞれ利用し分けて、最短時間で目的地へ着くという手腕をも示し、淫売婦のところから朝帰る途中には、何々という料亭に立ち寄って朝風呂へはいり、湯豆腐で軽くお酒を飲むのが、安い割に、ぜいたくな気分になれるものだと実地教育をしてくれたり、その他、屋台の牛めし焼とりの安価にして滋養に富むものたる事を説き、酔いの早く発するのは、電気ブランの右に出るものはないと保証し、とにかくその勘定に就いては自分に、一つも不安、恐怖を覚えさせた事がありませんでした。

さらにまた、堀木と附合って救われるのは、堀木が聞き手の思惑などをてんで無視して、その所謂情熱（パトス）の噴出するがままに、（或いは、情熱とは、相手の立場を無視する事かも知れませんが）四六時中、くだらないおしゃべりを続け、あの、二人で歩いて疲れ、気まずい沈黙におちいる危懼（きく）が、全く無いという事でした。人に接し、あのおそろしい沈黙がその場にあらわれる事を警戒して、もともと口の重い自分が、ここを先途（せんど）と必死のお道化を言って来たものですが、いまこの堀木の馬鹿が、意識せずに、そのお道化役をみずからすすんでやってくれているので、自分は、返事もろくにせずに、ただ聞き流し、時折、まさか、などと言って笑っておれば、いいのでした。

酒、煙草、淫売婦、それは皆、人間恐怖を、たとい一時でも、まぎらす事の出来るずいぶんよい手段である事が、やがて自分にもわかって来ました。それらの手段を求めるためには、自分の持ち物全部を売却しても悔いない気持さえ、抱くようになりました。

自分には、淫売婦というものが、人間でも、女性でもない、白痴か狂人のように見え、そのふところの中で、自分はかえって全く安心して、ぐっすり眠る事が出来ました。みんな、哀しいくらい、実にみじんも慾というものが無いのでした。そうして、自分に、同類の親和感とでもいったようなものを覚えるのか、自分は、いつも、その淫売婦たちから、窮屈でない程度の自然の好意を示されました。何の打算も無い好意、押し売りでは無い好意、二度と来ないかも知れぬひとへの好意、自分には、その白痴か狂人の淫売婦たちに、マリヤの円光を現実に見た夜もあったのです。

しかし、自分は、人間への恐怖からのがれ、幽かな一夜の休養を求めるために、そこへ行き、それこそ自分と「同類」の淫売婦たちと遊んでいるうちに、いつのまにやら無意識の、或るいまわしい雰囲気を身辺にいつもただよわせるようになった様子で、これは自分にも全く思い設けなかった所謂「おまけの附録」でしたが、次第にその「附録」が、鮮明に表面に浮き上って来て、堀木にそれを指摘せられ、愕然（がくぜん）として、そうして、いやな気が致しました。はたから見て、俗な言い方をすれば、自分は、淫売婦に依って女の修行をして、しかも、最近めっきり腕をあげ、女の修行は、淫売婦に依るのが一ばん厳しく、またそれだけに効果のあがるものだそうで、既に自分には、あの、「女達者」という匂いがつきまとい、女性は、（淫売婦に限らず）本能に依ってそれを嗅ぎ当て寄り添って来る、そのような、卑猥で不名誉な雰囲気を、「おまけの附録」としてもらって、そうしてそのほうが、自分の休養などよりも、ひどく目立ってしまっているらしいのでした。

堀木はそれを半分はお世辞で言ったのでしょうが、しかし、自分にも、重苦しく思い当る事があり、たとえば、喫茶店の女から稚拙な手紙をもらった覚えもあるし、桜木町の家の隣りの将軍のはたちくらいの娘が、毎朝、自分の登校の時刻には、用も無さそうなのに、ご自分の家の門を薄化粧して出たりはいったりしていたし、牛肉を食いに行くと、自分が黙っていても、そこの女中が、……また、いつも買いつけの煙草屋の娘から手渡された煙草の箱の中に、……また、歌舞伎を見に行って隣りの席のひとに、……また、深夜の市電で自分が酔って眠っていて、……また、思いがけなく故郷の親戚の娘から、思いつめたような手紙が来て、……また、誰かわからぬ娘が、自分の留守中にお手製らしい人形を、……自分が極度に消極的なので、いずれも、それっきりの話で、ただ断片、それ以上の進展は一つもありませんでしたが、何か女に夢を見させる雰囲気が、自分のどこかにつきまとっている事は、それは、のろけだの何だのといういい加減な冗談でなく、否定できないのでありました。自分は、それを堀木ごとき者に指摘せられ、屈辱に似た苦さを感ずると共に、淫売婦と遊ぶ事にも、にわかに興が覚めました。

堀木は、また、その見栄坊のモダニティから、（堀木の場合、それ以外の理由は、自分には今もって考えられませんのですが）或る日、自分を共産主義の読書会とかいう（R・Sとかいっていたか、記憶がはっきり致しません）そんな、秘密の研究会に連れて行きました。堀木などという人物にとっては、共産主義の秘密会合も、れいの「東京案内」の一つくらいのものだったのかも知れません。自分は所謂「同志」に紹介せられ、パンフレットを一部買わされ、そうして上座のひどい醜い顔の青年から、マルクス経済学の講義を受けました。しかし、自分には、それはわかり切っている事のように思われました。それは、そうに違いないだろうけれども、人間の心には、もっとわけのわからない、おそろしいものがある。慾、と言っても、言いたりない、ヴァニティ、と言っても、言いたりない、色と慾、とこう二つ並べても、言いたりない、何だか自分にもわからぬが、人間の世の底に、経済だけでない、へんに怪談じみたものがあるような気がして、その怪談におびえ切っている自分には、所謂唯物論を、水の低きに流れるように自然に肯定しながらも、しかし、それに依って、人間に対する恐怖から解放せられ、青葉に向って眼をひらき、希望のよろこびを感ずるなどという事は出来ないのでした。けれども、自分は、いちども欠席せずに、そのR・S（と言ったかと思いますが、間違っているかも知れません）なるものに出席し、「同志」たちが、いやに一大事の如く、こわばった顔をして、一プラス一は二、というような、ほとんど初等の算術めいた理論の研究にふけっているのが滑稽に見えてたまらず、れいの自分のお道化で、会合をくつろがせる事に努め、そのためか、次第に研究会の窮屈な気配もほぐれ、自分はその会合に無くてかなわぬ人気者という形にさえなって来たようでした。この、単純そうな人たちは、自分の事を、やはりこの人たちと同じ様に単純で、そうして、楽天的なおどけ者の「同志」くらいに考えていたかも知れませんが、もし、そうだったら、自分は、この人たちを一から十まで、あざむいていたわけです。自分は、同志では無かったんです。けれども、その会合に、いつも欠かさず出席して、皆にお道化のサーヴィスをして来ました。

好きだったからなのです。自分には、その人たちが、気にいっていたからなのです。しかし、それは必ずしも、マルクスに依って結ばれた親愛感では無かったのです。

非合法。自分には、それが幽かに楽しかったのです。むしろ、居心地がよかったのです。世の中の合法というもののほうが、かえっておそろしく、（それには、底知れず強いものが予感せられます）そのからくりが不可解で、とてもその窓の無い、底冷えのする部屋には坐っておられず、外は非合法の海であっても、それに飛び込んで泳いで、やがて死に到るほうが、自分には、いっそ気楽のようでした。

日蔭者、という言葉があります。人間の世に於いて、みじめな、敗者、悪徳者を指差していう言葉のようですが、自分は、自分を生れた時からの日蔭者のような気がしていて、世間から、あれは日蔭者だと指差されている程のひとと逢うと、自分は、必ず、優しい心になるのです。そうして、その自分の「優しい心」は、自身でうっとりするくらい優しい心でした。

また、犯人意識、という言葉もあります。自分は、この人間の世の中に於いて、一生その意識に苦しめられながらも、しかし、それは自分の糟糠の妻の如き好伴侶で、そいつと二人きりで侘びしく遊びたわむれているというのも、自分の生きている姿勢の一つだったかも知れないし、また、俗に、脛に傷持つ身、という言葉もあるようですが、その傷は、自分の赤ん坊の時から、自然に片方の脛にあらわれて、長ずるに及んで治癒するどころか、いよいよ深くなるばかりで、骨にまで達し、夜々の痛苦は千変万化の地獄とは言いながら、しかし、（これは、たいへん奇妙な言い方ですけど）その傷は、次第に自分の血肉よりも親しくなり、その傷の痛みは、すなわち傷の生きている感情、または愛情の囁きのようにさえ思われる、そんな男にとって、れいの地下運動のグルウプの雰囲気が、へんに安心で、居心地がよく、つまり、その運動の本来の目的よりも、その運動の肌が、自分に合った感じなのでした。堀木の場合は、ただもう阿呆のひやかしで、いちど自分を紹介しにその会合へ行ったきりで、マルキシストは、生産面の研究と同時に、消費面の視察も必要だなどと下手な洒落（しゃれ）を言って、その会合には寄りつかず、とかく自分を、その消費面の視察のほうにばかり誘いたがるのでした。思えば、当時は、さまざまの型のマルキシストがいたものです。堀木のように、虚栄のモダニティから、それを自称する者もあり、また自分のように、ただ非合法の匂いが気にいって、そこに坐り込んでいる者もあり、もしもこれらの実体が、マルキシズムの真の信奉者に見破られたら、堀木も自分も、烈火の如く怒られ、卑劣なる裏切者として、たちどころに追い払われた事でしょう。しかし、自分も、また、堀木でさえも、なかなか除名の処分に遭わず、殊にも自分は、その非合法の世界に於いては、合法の紳士たちの世界に於けるよりも、かえってのびのびと、所謂「健康」に振舞う事が出来ましたので、見込みのある「同志」として、噴き出したくなるほど過度に秘密めかした、さまざまの用事をたのまれるほどになったのです。また、事実、自分は、そんな用事をいちども断ったことは無く、平気でなんでも引受け、へんにぎくしゃくして、犬（同志は、ポリスをそう呼んでいました）にあやしまれ不審訊問（じんもん）などを受けてしくじるような事も無かったし、笑いながら、また、ひとを笑わせながら、そのあぶない（その運動の連中は、一大事の如く緊張し、探偵小説の下手な真似みたいな事までして、極度の警戒を用い、そうして自分にたのむ仕事は、まことに、あっけにとられるくらい、つまらないものでしたが、それでも、彼等は、その用事を、さかんに、あぶながって力んでいるのでした）と、彼等の称する仕事を、とにかく正確にやってのけていました。自分のその当時の気持としては、党員になって捕えられ、たとい終身、刑務所で暮すようになったとしても、平気だったのです。世の中の人間の「実生活」というものを恐怖しながら、毎夜の不眠の地獄で呻（うめ）いているよりは、いっそ牢屋（ろうや）のほうが、楽かも知れないとさえ考えていました。

父は、桜木町の別荘では、来客やら外出やら、同じ家にいても、三日も四日も自分と顔を合せる事が無いほどでしたが、しかし、どうにも、父がけむったく、おそろしく、この家を出て、どこか下宿でも、と考えながらもそれを言い出せずにいた矢先に、父がその家を売払うつもりらしいという事を別荘番の老爺（ろうや）から聞きました。

父の議員の任期もそろそろ満期に近づき、いろいろ理由のあった事に違いありませんが、もうこれきり選挙に出る意志も無い様子で、それに、故郷に一棟、隠居所など建てたりして、東京に未練も無いらしく、たかが、高等学校の一生徒に過ぎない自分のために、邸宅と召使いを提供して置くのも、むだな事だとでも考えたのか、（父の心もまた、世間の人たちの気持ちと同様に、自分にはよくわかりません）とにかく、その家は、間も無く人手にわたり、自分は、本郷森川町の仙遊館という古い下宿の、薄暗い部屋に引越して、そうして、たちまち金に困りました。

それまで、父から月々、きまった額の小遣いを手渡され、それはもう、二、三日で無くなっても、しかし、煙草も、酒も、チイズも、くだものも、いつでも家にあったし、本や文房具やその他、服装に関するものなど一切、いつでも、近所の店から所謂「ツケ」で求められたし、堀木におそばか天丼などをごちそうしても、父のひいきの町内の店だったら、自分は黙ってその店を出てもかまわなかったのでした。

それが急に、下宿のひとり住いになり、何もかも、月々の定額の送金で間に合わせなければならなくなって、自分は、まごつきました。送金は、やはり、二、三日で消えてしまい、自分は慄然（りつぜん）とし、心細さのために狂うようになり、父、兄、姉などへ交互にお金を頼む電報と、イサイフミの手紙（その手紙に於いて訴えている事情は、ことごとく、お道化の虚構でした。人にものを頼むのに、まず、その人を笑わせるのが上策と考えていたのです）を連発する一方、また、堀木に教えられ、せっせと質屋がよいをはじめ、それでも、いつもお金に不自由をしていました。

所詮、自分には、何の縁故も無い下宿に、ひとりで「生活」して行く能力が無かったのです。自分は、下宿のその部屋に、ひとりでじっとしているのが、おそろしく、いまにも誰かに襲われ、一撃せられるような気がして来て、街に飛び出しては、れいの運動の手伝いをしたり、或いは堀木と一緒に安い酒を飲み廻ったりして、ほとんど学業も、また画の勉強も放棄し、高等学校へ入学して、二年目の十一月、自分より年上の有夫の婦人と情死事件などを起し、自分の身の上は、一変しました。

学校は欠席するし、学科の勉強も、すこしもしなかったのに、それでも、妙に試験の答案に要領のいいところがあるようで、どうやらそれまでは、故郷の肉親をあざむき通して来たのですが、しかし、もうそろそろ、出席日数の不足など、学校のほうから内密に故郷の父へ報告が行っているらしく、父の代理として長兄が、いかめしい文章の長い手紙を、自分に寄こすようになっていたのでした。けれども、それよりも、自分の直接の苦痛は、金の無い事と、それから、れいの運動の用事が、とても遊び半分の気持では出来ないくらい、はげしく、いそがしくなって来た事でした。中央地区と言ったか、何地区と言ったか、とにかく本郷、小石川、下谷、神田、あの辺の学校全部の、マルクス学生の行動隊々長というものに、自分はなっていたのでした。武装蜂起、と聞き、小さいナイフを買い（いま思えば、それは鉛筆をけずるにも足りない、きゃしゃなナイフでした）それを、レンコオトのポケットにいれ、あちこち飛び廻って、所謂「聯絡」をつけるのでした。お酒を飲んで、ぐっすり眠りたい、しかし、お金がありません。しかも、P（党の事を、そういう隠語で呼んでいたと記憶していますが、或いは、違っているかも知れません）のほうからは、次々と息をつくひまも無いくらい、用事の依頼がまいります。自分の病弱のからだでは、とても勤まりそうも無くなりました。もともと、非合法の興味だけから、そのグルウプの手伝いをしていたのですし、こんなに、それこそ冗談から駒が出たように、いやにいそがしくなって来ると、自分は、ひそかにPのひとたちに、それはお門ちがいでしょう、あなたたちの直系のものたちにやらせたらどうですか、というようないまいましい感を抱くのを禁ずる事が出来ず、逃げました。逃げて、さすがに、いい気持はせず、死ぬ事にしました。

　その頃、自分に特別の好意を寄せている女が、三人いました。ひとりは、自分の下宿している仙遊館の娘でした。この娘は、自分がれいの運動の手伝いでへとへとになって帰り、ごはんも食べずに寝てしまってから、必ず用箋と万年筆を持って自分の部屋にやって来

て、

「ごめんなさい。下では、妹や弟がうるさくて、ゆっくり手紙も書けないのです」

と言って、何やら自分の机に向って一時間以上も書いているのです。

自分もまた、知らん振りをして寝ておればいいのに、いかにもその娘が何か自分に言ってもらいたげの様子なので、れいの受け身の奉仕の精神を発揮して、実に一言も口をききたくない気持なのだけれども、くたくたに疲れ切っているからだに、ウムと気合いをかけて腹這(はらば)いになり、煙草を吸い、

「女から来たラヴ・レターで、風呂をわかしてはいった男があるそうですよ」

「あら、いやだ。あなたでしょう?」

「ミルクをわかして飲んだ事はあるんです」

「光栄だわ、飲んでよ」

早くこのひと、帰らねえかなあ、手紙だなんて、見えすいているのに。へへののもへじ

でも書いているのに違いないんです。

「見せてよ」

と死んでも見たくない思いでそう言えば、あら、いやよ、あら、いやよ、と言って、そのうれしがる事、ひどくみっともなく、興が覚めるばかりなのです。そこで自分は、用事でも言いつけてやれ、と思うんです。

「すまないけどね、電車通りの薬屋に行って、カルモチンを買って来てくれない？　あんまり疲れすぎて、顔がほてって、かえって眠れないんだ。すまないね。お金は、……」

「いいわよ、お金なんか」

よろこんで立ちます。用を言いつけるというのは、決して女をしょげさせる事ではなく、かえって女は、男に用事をたのまれると喜ぶものだという事も、自分はちゃんと知っているのでした。

もうひとりは、女子高等師範の文科生の所謂「同志」でした。このひととは、れいの運動の用事で、いやでも毎日、顔を合せなければならなかったのです。打ち合せがすんでからも、その女は、いつまでも自分について歩いて、そうして、やたらに自分に、ものを買ってくれるのでした。

「私を本当の姉だと思っていてくれていいわ」

そのキザに身震いしながら、自分は、

「そのつもりでいるんです」

と、愁(うれ)えを含んだ微笑の表情を作って答えます。とにかく、怒らせては、こわい、何とかして、ごまかさなければならぬ、という思い一つのために、自分はいよいよその醜い、いやな女に奉仕をして、そうして、ものを買ってもらっては、(その買い物は、実に趣味の悪い品ばかりで、自分はたいてい、すぐにそれを、焼きとり屋の親爺(おやじ)などにやってしまいました)うれしそうな顔をして、冗談を言っては笑わせ、或る夏の夜、どうしても離れないので、街の暗いところで、そのひとに帰ってもらいたいばかりに、キスをしてやりましたら、あさましく狂乱の如く興奮し、自動車を呼んで、そのひとたちの運動のために秘密に借りてあるらしいビルの事務所みたいな狭い洋室に連れて行き、朝まで大騒ぎという事になり、とんでもない姉だ、と自分はひそかに苦笑しました。

下宿屋の娘と言い、またこの「同志」と言い、どうしたって毎日、顔を合せなければならぬ具合になっていますので、これまでの、さまざまの女のひとのように、うまく避けられず、つい、ずるずるに、れいの不安の心から、この二人のご機嫌をただ懸命に取り結び、もはや自分は、金縛り同様の形になっていました。

同じ頃また自分は、銀座の或る大カフエの女給から、思いがけぬ恩を受け、たったいちど逢っただけなのに、それでも、その恩にこだわり、やはり身動き出来ないほどの、心配やら、空おそろしさを感じていたのでした。その頃になると、自分も、敢えて堀木の案内に頼らずとも、ひとりで電車にも乗れるし、また、歌舞伎座にも行けるし、または、絣の着物を着て、カフエにだってはいれるくらいの、多少の図々しさを装えるようになっていたのです。心では、相変らず、人間の自信と暴力とを怪しみ、恐れ、悩みながら、うわべだけは、少しずつ、他人と真顔の挨拶、いや、ちがう、自分はやはり敗北のお道化の苦しい笑いを伴わずには、挨拶できないたちなのですが、とにかく、無我夢中のへどもどの挨拶でも、どうやら出来るくらいの「伎倆」を、れいの運動で走り廻ったおかげ？　または、女の？　または、酒？　けれども、おもに金銭の不自由のおかげで修得しかけていたのです。どこにいても、おそろしく、かえって大カフエでたくさんの酔客または女給、ボーイたちにもまれ、まぎれ込む事が出来たら、自分のこの絶えず追われているような心も落ちつくのではなかろうか、と十円持って、銀座のその大カフェに、ひとりではいって、笑いながら相手の女給に、

「十円しか無いんだからね、そのつもりで」

と言いました。

「心配要りません」

どこかに関西の訛りがありました。そうして、その一言が、奇妙に自分の、震えおののいている心をしずめてくれました。いいえ、お金の心配が要らなくなったからではありません、そのひとの傍にいる事に心配が要らないような気がしたのです。

自分は、お酒を飲みました。そのひとに安心しているので、かえってお道化など演じる気持も起らず、自分の地金の無口で陰惨なところを隠さず見せて、黙ってお酒を飲みました。

「こんなの、おすきか？」

女は、さまざまの料理を自分の前に並べました。自分は首を振りました。

「お酒だけか？　うちも飲もう」

秋の、寒い夜でした。自分は、ツネ子（といったと覚えていますが、記憶が薄れ、たしかではありません。情死の相手の名前をさえ忘れているような自分なのです）に言いつけられたとおりに、銀座裏の、或る屋台のお鮨（すし）やで、少しもおいしくない鮨を食べながら、（そのひとの名前は忘れても、その時の鮨のまずさだけは、どうした事か、はっきり記憶に残っています。そうして、青大将の顔に似た顔つきの、丸坊主のおやじが、首を振り振り、いかにも上手みたいにごまかしながら鮨を握っている様も、眼前に見るように鮮明に思い出され、後年、電車などで、はて見た顔だ、といろいろ考え、なんだ、あの時の鮨やの親爺に似ているんだ、と気が附き苦笑した事も再三あったほどでした。あのひとの名前も、また、顔かたちさえ記憶から遠ざかっている現在なお、あの鮨やの親爺の顔だけは絵にかけるほど正確に覚えているとは、よっぽどあの時の鮨がまずく、自分に寒さと苦痛を与えたものと思われます。もともと、自分は、うまい鮨を食わせる店というところに、ひとに連れられて行って食っても、うまいと思った事は、いちどもありませんでした。大き過ぎるのです。親指くらいの大きさにキチッと握れないものかしら、といつも考えていました）そのひとを、待っていました。

本所の大工さんの二階を、そのひとが借りていました。自分は、その二階で、日頃の自分の陰鬱な心を少しもかくさず、ひどい歯痛に襲われてでもいるように、片手で頬をおさえながら、お茶を飲みました。そうして、自分のそんな姿態が、かえって、そのひとには、気にいったようでした。そのひとも、身のまわりに冷たい木枯しが吹いて、落葉だけが舞い狂い、完全に孤立している感じの女でした。

一緒にやすみながらそのひとは、自分より二つ年上であること、故郷は広島、あたしには主人があるのよ、広島で床屋さんをしていたの、昨年の春、一緒に東京へ家出して逃げて来たのだけれども、主人は、東京で、まともな仕事をせずそのうちに詐欺罪に問われ、刑務所にいるのよ、あたしは毎日、何やらかやら差し入れしに、刑務所へかよっていたのだけれども、あすから、やめます、などと物語るのでしたが、自分は、どういうものか、女の身の上噺（ばなし）というものには、少しも興味を持てないたちで、それは女の語り方の下手なせいか、つまり、話の重点の置き方を間違っているせいなのか、とにかく、自分には、つねに、馬耳東風なのでありました。

侘びしい。

自分には、女の千万言の身の上噺よりも、その一言の呟(つぶや)きのほうに、共感をそそられるに違いないと期待していても、この世の中の女から、ついにいちども自分は、その言葉を聞いた事がないのを、奇怪とも不思議とも感じております。けれども、そのひとは、言葉で「侘びしい」とは言いませんでしたが、無言のひどい侘びしさを、からだの外郭に、一寸くらいの幅の気流みたいに持っていて、そのひとに寄り添うと、こちらのからだもその気流に包まれ、自分の持っている多少トゲトゲした陰鬱の気流と程よく溶け合い、「水底の岩に落ち附く枯葉」のように、わが身は、恐怖からも不安からも、離れる事が出来るのでした。

あの白痴の淫売婦たちのふところの中で、安心してぐっすり眠る思いとは、また、全く異って、（だいいち、あのプロステチュウトたちは、陽気でした）その詐欺罪の犯人の妻と過した一夜は、自分にとって、幸福な（こんな大それた言葉を、なんの躊躇(ちゅうちょ)も無く、肯定して使用する事は、自分のこの全手記に於いて、再び無いつもりです）解放せられた夜でした。

しかし、ただ一夜でした。朝、眼が覚めて、はね起き、自分はもとの軽薄な、装えるお道化者になっていました。弱虫は、幸福をさえおそれるものです。綿で怪我をするんです。幸福に傷つけられる事もあるんです。傷つけられないうちに、早く、このまま、わかれたいとあせり、れいのお道化の煙幕を張りめぐらすのでした。

「金の切れめが縁の切れめ、ってのはね、あれはね、解釈が逆なんだ。金が無くなると女にふられるって意味、じゃあ無いんだ。男に金が無くなると、男は、ただおのずから意気銷沈（しょうちん）して、ダメになり、笑う声にも力が無く、そうして、妙にひがんだりなんかしてね、ついには破れかぶれになり、男のほうから女を振る、半狂乱になって振って振って振り抜くという意味なんだね、金沢大辞林という本に依ればね、可哀そうに。僕にも、その気持わかるがね」

たしか、そんなふうの馬鹿げた事を言って、ツネ子を噴き出させたような記憶があります。長居は無用、おそれありと、顔も洗わずに素早く引上げたのですが、その時の自分の、「金の切れめが縁の切れめ」という出鱈目（でたらめ）の放言が、のちに到って、意外のひっかかりを生じたのです。

それから、ひとつき、自分は、その夜の恩人とは逢いませんでした。別れて、日が経つにつれて、よろこびは薄れ、かりそめの恩を受けた事がかえってそらおそろしく、自分勝手にひどい束縛を感じて来て、あのカフエのお勘定を、あの時、全部ツネ子の負担にさせてしまったという俗事さえ、次第に気になりはじめて、ツネ子もやはり、下宿の娘や、あの女子高等師範と同じく、自分を脅迫するだけの女のように思われ、遠く離れていながらも、絶えずツネ子におびえていて、その上に自分は、一緒に休んだ事のある女に、また逢うと、その時にいきなり何か烈火の如く怒られそうな気がしてたまらず、逢うのに頗るおっくうがる性質でしたので、いよいよ、銀座は敬遠の形でしたが、しかし、そのおっくうがるという性質は、決して自分の狡猾さではなく、女性というものは、休んでからの事と、朝、起きてからの事との間に、一つの、塵ほどの、つながりをも持たせず、完全の忘却の如く、見事に二つの世界を切断させて生きているという不思議な現象を、まだよく呑みこんでいなかったからなのでした。

十一月の末、自分は、堀木と神田の屋台で安酒を飲み、この悪友は、その屋台を出てからも、さらにどこかで飲もうと主張し、もう自分たちにはお金が無いのに、それでも、飲もう、飲もうよ、とねばるのです。その時、自分は、酔って大胆になっているからでもあ

りましたが、

「よし、そんなら、夢の国に連れて行く。おどろくな、酒池肉林という、……」

「カフエか?」

「そう」

「行こう!」

というような事になって二人、市電に乗り、堀木は、はしゃいで、

「おれは、今夜は、女に飢え渇いているんだ。女給にキスしてもいいか」

自分は、堀木がそんな酔態を演じる事を、あまり好んでいないのでした。堀木も、それを知っているので、自分にそんな念を押すのでした。

「いいか。キスするぜ。おれの傍に坐った女給に、きっとキスして見せる。いいか」

「かまわんだろう」

「ありがたい！　おれは女に飢え渇いているんだ」

銀座四丁目で降りて、その所謂酒池肉林の大カフエに、ツネ子をたのみの綱としてほとんど無一文ではいり、あいているボックスに堀木と向い合って腰をおろしたとたんに、ツネ子ともう一人の女給が走り寄って来て、そのもう一人の女給が自分の傍に、そうしてツネ子は、堀木の傍に、ドサンと腰かけたので、自分は、ハッとしました。ツネ子は、いまにキスされる。

惜しいという気持ではありませんでした。自分には、もともと所有慾というものは薄く、また、たまに幽かに惜しむ気持はあっても、その所有権を敢然と主張し、人と争うほどの気力が無いのでした。のちに、自分は、自分の内縁の妻が犯されるのを、黙って見ていた事さえあったほどなのです。

自分は、人間のいざこざに出来るだけ触りたくないのでした。その渦に巻き込まれるのが、おそろしいのでした。ツネ子と自分とは、一夜だけの間柄です。ツネ子は、自分のものではありません。惜しい、など思い上った慾は、自分に持てる筈はありません。けれども、自分は、ハッとしました。

自分の眼の前で、堀木の猛烈なキスを受ける、そのツネ子の身の上を、ふびんに思ったからでした。堀木によごされたツネ子は、自分とわかれなければならなくなるだろう、しかも自分にも、ツネ子を引き留める程のポジティヴな熱は無い、ああ、もう、これでおしまいなのだ、とツネ子の不幸に一瞬ハッとしたものの、すぐに自分は水のように素直にあきらめ、堀木とツネ子の顔を見較べ、にやにやと笑いました。

しかし、事態は、実に思いがけなく、もっと悪く展開せられました。

「やめた!」

と堀木は、口をゆがめて言い、

「さすがのおれも、こんな貧乏くさい女には、……」

閉口し切ったように、腕組みしてツネ子をじろじろ眺め、苦笑するのでした。

「お酒を。お金は無い」

自分は、小声でツネ子に言いました。それこそ、浴びるほど飲んでみたい気持でした。

所謂俗物の眼から見ると、ツネ子は酔漢のキスにも価いしない、ただ、みすぼらしい、貧乏くさい女だったのでした。案外とも、意外とも、自分には霹靂に撃ちくだかれた思いでした。自分は、これまで例の無かったほど、いくらでも、いくらでも、お酒を飲み、ぐらぐら酔って、ツネ子と顔を見合せ、哀しく微笑み合い、いかにもそう言われてみると、こいつはへんに疲れて貧乏くさいだけの女だな、と思うと同時に、金の無い者どうしの親和（貧富の不和は、陳腐のようでも、やはりドラマの永遠のテーマの一つだと自分は今では思っていますが）そいつが、その親和感が、胸に込み上げて来て、ツネ子がいとしく、生れてこの時はじめて、われから積極的に、微弱ながら恋の心の動くのを自覚しました。吐きました。前後不覚になりました。お酒を飲んで、こんなに我を失うほど酔ったのも、その時がはじめてでした。

眼が覚めたら、枕もとにツネ子が坐っていました。本所の大工さんの二階の部屋に寝ていたのでした。

「金の切れめが縁の切れめ、なんておっしゃって、冗談かと思うていたら、本気か。来てくれないのだもの。ややこしい切れめやな。うちが、かせいであげても、だめか」

「だめ」

それから、女も休んで、夜明けがた、女の口から「死」という言葉がはじめて出て、女も人間としての営みに疲れ切っていたようでしたし、また、自分も、世の中への恐怖、わずらわしさ、金、れいの運動、女、学業、考えると、とてもこの上こらえて生きて行けそうもなく、そのひとの提案に気軽に同意しました。

けれども、その時にはまだ、実感としての「死のう」という覚悟は、出来ていなかったのです。どこかに「遊び」がひそんでいました。

その日の午前、二人は浅草の六区をさまよっていました。喫茶店にはいり、牛乳を飲みました。

「あなた、払うて置いて」

自分は立って、袂からがま口を出し、ひらくと、銅銭が三枚、羞恥よりも凄惨の思いに襲われ、たちまち脳裡に浮ぶものは、仙遊館の自分の部屋、制服と蒲団だけが残されてあるきりで、あとはもう、質草になりそうなものの一つも無い荒涼たる部屋、他には自分のいま着て歩いている絣の着物と、マント、これが自分の現実なのだ、生きて行けない、とはっきり思い知りました。

自分がまごついているので、女も立って、自分のがま口をのぞいて、

「あら、たったそれだけ？」

無心の声でしたが、これがまた、じんと骨身にこたえるほどに痛かったのです。はじめて自分が、恋したひとの声だけに、痛かったのです。それだけも、これだけもない、銅銭三枚は、どだいお金でありません。それは、自分が未だかつて味わった事の無い奇妙な屈辱でした。とても生きておられない屈辱でした。所詮その頃の自分は、まだお金持ちの坊ちゃんという種属から脱し切っていなかったのでしょう。その時、自分は、みずからすすんでも死のうと、実感として決意したのです。

その夜、自分たちは、鎌倉の海に飛び込みました。女は、この帯はお店のお友達から借りている帯やから、と言って、帯をほどき、畳んで岩の上に置き、自分もマントを脱ぎ、同じ所に置いて、一緒に入水しました。

女のひとは、死にました。そうして、自分だけ助かりました。

自分が高等学校の生徒ではあり、また父の名にもいくらか、所謂ニュウス・ヴァリュがあったのか、新聞にもかなり大きな問題として取り上げられたようでした。

自分は海辺の病院に収容せられ、故郷から親戚の者がひとり駈けつけ、さまざまの始末をしてくれて、そうして、くにの父をはじめ一家中が激怒しているから、これっきり生家とは義絶になるかも知れぬ、と自分に申し渡して帰りました。けれども自分は、そんな事より、死んだツネ子が恋いしく、めそめそ泣いてばかりいました。本当に、いままでのひとの中で、あの貧乏くさいツネ子だけを、すきだったのですから。

下宿の娘から、短歌を五十も書きつらねた長い手紙が来ました。「生きくれよ」というへんな言葉ではじまる短歌ばかり、五十でした。また、自分の病室に、看護婦たちが陽気に笑いながら遊びに来て、自分の手をきゅっと握って帰る看護婦もいました。

自分の左肺に故障のあるのを、その病院で発見せられ、これがたいへん自分に好都合な事になり、やがて自分が自殺幇助罪という罪名で病院から警察に連れて行かれましたが、警察では、自分を病人あつかいにしてくれて、特に保護室に収容しました。

深夜、保護室の隣りの宿直室で、寝ずの番をしていた年寄りのお巡り（まわ）が、間のドアをそっとあけ、

「おい！」

と自分に声をかけ、

「寒いだろう。こっちへ来て、あたれ」

と言いました。

自分は、わざとしおしおと宿直室にはいって行き、椅子に腰かけて火鉢にあたりました。

「やはり、死んだ女が恋いしいだろう」

「はい」

ことさらに、消え入るような細い声で返事しました。

「そこが、やはり人情というものだ」

彼は次第に、大きく構えて来ました。

「はじめ、女と関係を結んだのは、どこだ」

ほとんど裁判官の如く、もったいぶって尋ねるのでした。彼は、自分を子供とあなどり、秋の夜のつれづれに、あたかも彼自身が取調べの主任でもあるかのように装い、自分から猥談めいた述懐を引き出そうという魂胆のようでした。自分は素早くそれを察し、噴き出したいのを怺えるのに骨を折りました。そんなお巡りの「非公式な訊問」には、いっさい答を拒否してもかまわないのだという事は、自分も知っていましたが、しかし、秋の夜ながに興を添えるため、自分は、あくまでも神妙に、そのお巡りこそ取調べの主任であって、刑罰の軽重の決定もそのお巡りの思召し一つに在るのだ、という事を固く信じて疑わないような所謂誠意をおもてにあらわし、彼の助平の好奇心を、やや満足させる程度のいい加減な「陳述」をするのでした。

「うん、それでだいたいわかった。何でも正直に答えると、わしらのほうでも、そこは手心を加える」

「ありがとうございます。よろしくお願いいたします」

ほとんど入神の演技でした。そうして、自分のためには、何も、一つも、とくにならない力演なのです。

夜が明けて、自分は署長に呼び出されました。こんどは、本式の取調べなのです。

ドアをあけて、署長室にはいったとたんに、

「おう、いい男だ。これあ、お前が悪いんじゃない。こんな、いい男に産んだお前のおふくろが悪いんだ」

色の浅黒い、大学出みたいな感じのまだ若い署長でした。いきなりそう言われて自分は、自分の顔の半面にべったり赤痣でもあるような、みにくい不具者のような、みじめな気がしました。

この柔道か剣道の選手のような署長の取調べは、実にあっさりしていて、あの深夜の老巡査のひそかな、執拗きわまる好色の「取調べ」とは、雲泥の差がありました。訊問がすんで、署長は、検事局に送る書類をしたためながら、

「からだを丈夫にしなけれゃ、いかんね。血痰が出ているようじゃないか」

と言いました。

その朝、へんに咳（せき）が出て、自分は咳の出るたびに、ハンケチで口を覆っていたのですが、そのハンケチに赤い霰（あられ）が降ったみたいに血がついていたのです。けれども、それは、喉（のど）から出た血ではなく、昨夜、耳の下に出来た小さいおできをいじって、そのおできから出た血なのでした。しかし、自分は、それを言い明さないほうが、便宜な事もあるような気がふっとしたものですから、ただ、

「はい」

と、伏眼になり、殊勝げに答えて置きました。

署長は書類を書き終えて、

「起訴になるかどうか、それは検事殿がきめることだが、お前の身元引受人に、電報か電話で、きょう横浜の検事局に来てもらうように、たのんだほうがいいな。誰か、あるだろう、お前の保護者とか保証人とかいうものが」

父の東京の別荘に出入りしていた書画骨董（こっとう）商の渋田という、自分たちと同郷人で、父の

たいこ持ちみたいな役も勤めていたずんぐりした独身の四十男が、自分の学校の保証人になっているのを、自分は思い出しました。その男の顔が、殊に眼つきが、ヒラメに似ているというので、父はいつもその男をヒラメと呼び、自分も、そう呼びなれていました。

自分は警察の電話帳を借りて、ヒラメの家の電話番号を捜し、見つかったので、ヒラメに電話して、横浜の検事局に来てくれるように頼みましたら、ヒラメは人が変ったみたいな威張った口調で、それでも、とにかく引受けてくれました。

「おい、その電話機、すぐ消毒したほうがいいぜ。何せ、血痰が出ているんだから」

自分が、また保護室に引き上げてから、お巡りたちにそう言いつけている署長の大きな声が、保護室に坐っている自分の耳にまで、とどきました。

お昼すぎ、自分は、細い麻縄で胴を縛られ、それはマントで隠すことを許されましたが、その麻縄の端を若いお巡りが、しっかり握っていて、二人一緒に電車で横浜に向いました。

けれども、自分には少しの不安も無く、あの警察の保護室も、老巡査もなつかしく、嗚呼(ああ)、自分はどうしてこうなのでしょう、罪人として縛られると、かえってほっとして、そうしてゆったり落ちついて、その時の追憶を、いま書くに当っても、本当にのびのびした楽しい気持になるのです。

しかし、その時期のなつかしい思い出の中にも、たった一つ、冷汗三斗の、生涯わすれられぬ悲惨なしくじりがあったのです。自分は、検事局の薄暗い一室で、検事の簡単な取調べを受けました。検事は四十歳前後の物静かな、（もし自分が美貌だったとしても、それは謂わば邪淫の美貌だったに違いありませんが、その検事の顔は、正しい美貌、とでも言いたいような、聡明な静謐の気配を持っていました）コセコセしない人柄のようでしたので、自分も全く警戒せず、ぼんやり陳述していたのですが、突然、れいの咳が出て来て、自分は袂からハンケチを出し、ふとその血を見て、この咳もまた何かの役に立つかも知れぬとあさましい駈引きの心を起し、ゴホン、ゴホンと二つばかり、おまけの贋の咳を大袈裟に附け加えて、ハンケチで口を覆ったまま検事の顔をちらと見た、間一髪、

「ほんとうかい？」

ものしずかな微笑でした。冷汗三斗、いいえ、いま思い出しても、きりきり舞いをしたくなります。中学時代に、あの馬鹿の竹一から、ワザ、ワザ、と言われて脊中を突かれ、

地獄に蹴落(けおと)された、その時の思い以上と言っても、決して過言では無い気持です。あれと、これと、二つ、自分の生涯に於ける演技の大失敗の記録です。検事のあんな物静かな侮蔑(ぶべつ)に遭うよりは、いっそ自分は十年の刑を言い渡されたほうが、ましだったと思う事さえ、時たまある程なのです。

自分は起訴猶予になりました。けれども一向にうれしくなく、世にもみじめな気持で、検事局の控室のベンチに腰かけ、引取り人のヒラメが来るのを待っていました。

背後の高い窓から夕焼けの空が見え、鴎(かもめ)が、「女」という字みたいな形で飛んでいました。

第三の手記

一

竹一の予言の、一つは当り、一つは、はずれました。惚(ほ)れられるという、名誉で無い予言のほうは、あたりましたが、きっと偉い絵画きになるという、祝福の予言は、はずれました。

自分は、わずかに、粗悪な雑誌の、無名の下手な漫画家になる事が出来ただけでした。

鎌倉の事件のために、高等学校からは追放せられ、自分は、ヒラメの家の二階の、三畳の部屋で寝起きして、故郷からは月々、極めて小額の金が、それも直接に自分宛ではなく、ヒラメのところにひそかに送られて来ている様子でしたが、(しかも、それは故郷の兄たちが、父にかくして送ってくれているという形式になっていたようでした)それっきり、あとは故郷とのつながりを全然、断ち切られてしまい、そうして、ヒラメはいつも不機嫌、自分があいそ笑いをしても、笑わず、人間というものはこんなにも簡単に、それこそ手の

ひらをかえすが如くに変化できるものかと、あさましく、いや、むしろ滑稽に思われるくらいの、ひどい変り様で、

「出ちゃいけませんよ。とにかく、出ないで下さいよ」

それればかり自分に言っているのでした。

ヒラメは、自分に自殺のおそれありと、にらんでいるらしく、つまり、女の後を追ってまた海へ飛び込んだりする危険があると見てとっているらしく、自分の外出を固く禁じているのでした。けれども、酒も飲めないし、煙草も吸えないし、ただ、朝から晩まで二階の三畳のこたつにもぐって、古雑誌なんか読んで阿呆同然のくらしをしている自分には、自殺の気力さえ失われていました。

ヒラメの家は、大久保の医専の近くにあり、書画骨董商、青竜園、だなどと看板の文字だけは相当に気張っていても、一棟二戸の、その一戸で、店の間口も狭く、店内はホコリだらけで、いい加減なガラクタばかり並べ、（もっとも、ヒラメはその店のガラクタにたよって商売しているわけではなく、こっちの所謂旦那の秘蔵のものを、あっちの所謂旦那にその所有権をゆずる場合などに活躍して、お金をもうけているらしいのです）店に坐っ

ている事は殆ど無く、たいてい朝から、むずかしそうな顔をしてそそくさと出かけ、留守は十七、八の小僧ひとり、これが自分の見張り番というわけで、ひまさえあれば近所の子供たちと外でキャッチボールなどしていても、二階の居候をまるで馬鹿か気違いくらいに思っているらしく、大人の説教くさい事まで自分に言い聞かせ、自分は、ひとと言い争いの出来ない質なので、疲れたような、また、感心したような顔をしてそれに耳を傾け、服従しているのでした。この小僧は渋田のかくし子で、それでもへんな事情があって、渋田は所謂親子の名乗りをせず、また渋田がずっと独身なのも、何やらその辺に理由があっての事らしく、自分も以前、自分の家の者たちからそれに就いての噂を、ちょっと聞いたような気もするのですが、自分は、どうも他人の身の上には、あまり興味を持てないほうなので、深い事は何も知りません。しかし、その小僧の眼つきにも、妙に魚の眼を聯想させるところがありましたから、或いは、本当にヒラメのかくし子、……でも、それならば、二人は実に淋しい親子でした。夜おそく、二階の自分には内緒で、二人でおそばなどを取寄せて無言で食べている事がありました。

　ヒラメの家では食事はいつもその小僧がつくり、二階のやっかい者の食事だけは別にお膳に載せて小僧が三度々々二階に持ち運んで来てくれて、ヒラメと小僧は、階段の下のじめじめした四畳半で何やら、カチャカチャ皿小鉢の触れ合う音をさせながら、いそがしげに食事しているのでした。

三月末の或る夕方、ヒラメは思わぬもうけ口にでもありついたのか、または何か他に策略でもあったのか、（その二つの推察が、ともに当っていたとしても、おそらくは、さらにまたいくつかの、自分などにはとても推察のとどかないこまかい原因もあったのでしょうが）自分を階下の珍らしくお銚子など附いている食卓に招いて、ヒラメならぬマグロの刺身に、ごちそうの主人みずから感服し、賞讃し、ぼんやりしている居候にも少しくお酒をすすめ、

「どうするつもりなんです、いったい、これから」

自分はそれに答えず、卓上の皿から畳鰯をつまみ上げ、その小魚たちの銀の眼玉を眺めていたら、酔いがほのぼの発して来て、遊び廻っていた頃がなつかしく、堀木でさえなつかしく、つくづく「自由」が欲しくなり、ふっと、かぼそく泣きそうになりました。

自分がこの家へ来てからは、道化を演ずる張合いさえ無く、ただもうヒラメと小僧の蔑視の中に身を横たえ、ヒラメのほうでもまた、自分と打ち解けた長噺をするのを避けてい

る様子でしたし、自分もそのヒラメを追いかけて何かを訴える気などは起らず、ほとんど自分は、間抜けづらの居候になり切っていたのです。

「起訴猶予というのは、前科何犯とか、そんなものには、ならない模様です。だから、まあ、あなたの心掛け一つで、更生が出来るわけです。あなたが、もし、改心して、あなたのほうから、真面目に私に相談を持ちかけてくれたら、私も考えてみます」

ヒラメの話方には、いや、世の中の全部の人の話方には、このようにややこしく、どこか朦朧(もうろう)として、逃腰とでもいったみたいな微妙な複雑さがあり、そのほとんど無益と思われるくらいの厳重な警戒と、無数といっていいくらいの小うるさい駈引とには、いつも自分は当惑し、どうでもいいやという気分になって、お道化で茶化したり、または無言の首肯で一さいおまかせという、謂わば敗北の態度をとってしまうのでした。

この時もヒラメが、自分に向って、だいたい次のように簡単に報告すれば、それですむ事だったのを自分は後年に到って知り、ヒラメの不必要な用心、いや、世の中の人たちの不可解な見栄、おていさいに、何とも陰鬱な思いをしました。

ヒラメは、その時、ただこう言えばよかったのでした。

「官立でも私立でも、とにかく四月から、どこかの学校へはいりなさい。あなたの生活費は、学校へはいると、くにから、もっと充分に送って来る事になっているのです。」

ずっと後になってわかったのですが、事実は、そのようになっていたのでした。そうして、自分もその言いつけに従ったでしょう。それなのに、ヒラメのいやに用心深く持って廻った言い方のために、妙にこじれ、自分の生きて行く方向もまるで変ってしまったのです。

「真面目に私に相談を持ちかけてくれる気持が無ければ、仕様がないですが」

「どんな相談?」

自分には、本当に何も見当がつかなかったのです。

「それは、あなたの胸にある事でしょう?」

「たとえば?」

「たとえばって、あなた自身、これからどうする気なんです」

「働いたほうが、いいんですか？」

「いや、あなたの気持は、いったいどうなんです」

「だって、学校へはいるといったって、……」

「そりゃ、お金が要ります。しかし、問題は、お金でない。あなたの気持です」

お金は、くにから来る事になっているんだから、となぜ一こと、言わなかったのでしょう。その一言に依って、自分の気持も、きまった筈なのに、自分には、ただ五里霧中でした。

「どうですか？　何か、将来の希望、とでもいったものが、あるんですか？　いったい、どうも、ひとをひとり世話しているというのは、どれだけむずかしいものだか、世話されているひとには、わかりますまい」

「すみません」

「そりゃ実に、心配なものです。私も、いったんあなたの世話を引受けた以上、あなたにも、生半可な気持でいてもらいたくないのです。立派に更生の道をたどる、という覚悟のほどを見せてもらいたいのです。たとえば、あなたの将来の方針、それに就いてあなたのほうから私に、まじめに相談を持ちかけて来たなら、私もその相談には応ずるつもりでいます。それは、どうせこんな、貧乏なヒラメの援助なのですから、以前のようなぜいたくを望んだら、あてがはずれます。しかし、あなたの気持がしっかりしていて、将来の方針をはっきり打ち樹て、そうして私に相談をしてくれたら、私は、たといわずかずつでも、あなたの更生のために、お手伝いしようとさえ思っているんです。わかりますか？　私の気持が。いったい、あなたは、これから、どうするつもりでいるのです」

「ここの二階に、置いてもらえなかったら、働いて、……」

「本気で、そんな事を言っているのですか？　いまのこの世の中に、たとい帝国大学校を出たって、……」

「いいえ、サラリイマンになるんでは無いんです」

「それじゃ、何です」

「画家です」

思い切って、それを言いました。

「へええ？」

自分は、その時の、頸（くび）をちぢめて笑ったヒラメの顔の、いかにもずるそうな影を忘れる事が出来ません。軽蔑の影にも似て、それとも違い、世の中を海にたとえると、その海の千尋（ちひろ）の深さの箇所に、そんな奇妙な影がたゆとうていそうで、何か、おとなの生活の奥底をチラと覗（のぞ）かせたような笑いでした。

そんな事では話にも何もならぬ、ちっとも気持がしっかりしていない、考えなさい、今夜一晩まじめに考えてみなさい、と言われ、自分は追われるように二階に上って、寝ても、別に何の考えも浮びませんでした。そうして、あけがたになり、ヒラメの家から逃げました。

夕方、間違いなく帰ります。左記の友人の許（もと）へ、将来の方針に就いて相談に行って来るのですから、御心配無く。ほんとうに。

と、用箋に鉛筆で大きく書き、それから、浅草の堀木正雄の住所姓名を記して、こっそり、ヒラメの家を出ました。

ヒラメに説教せられたのが、くやしくて逃げたわけではありませんでした。まさしく自分は、ヒラメの言うとおり、気持のしっかりしていない男で、将来の方針も何も自分にはまるで見当がつかず、この上、ヒラメの家のやっかいになっているのは、ヒラメにも気の毒ですし、そのうちに、もし万一、自分にも発奮の気持が起り、志を立てたところで、その更生資金をあの貧乏なヒラメから月々援助せられるのかと思うと、とても心苦しくて、いたたまらない気持になったからでした。

しかし、自分は、所謂「将来の方針」を、堀木ごときに、相談に行こうなどと本気に思って、ヒラメの家を出たのでは無かったのでした。それは、ただ、わずかでも、つかのまでも、ヒラメに安心させて置きたくて、（その間に自分が、少しでも遠くへ逃げのびていたいという探偵小説的な策略から、そんな置手紙を書いた、というよりは、いや、そんな気持も幽かにあったに違いないのですが、それよりも、やはり自分は、いきなりヒラメにショックを与え、彼を混乱当惑させてしまうのが、おそろしかったばかりに、とでも言ったほうが、いくらか正確かも知れません。どうせ、ばれるにきまっているのに、そのとおりに言うのが、おそろしくて、必ず何かしら飾りをつけるのが、自分の哀しい性癖の一つで、それは世間の人が「嘘つき」と呼んで卑しめている性格に似ていながら、しかし、自分は自分に利益をもたらそうとしてその飾りつけを行った事はほとんど無く、ただ雰囲気(ふんいき)の興覚めた一変が、窒息するくらいにおそろしくて、後で自分に不利益になるという事がわかっていても、れいの自分の「必死の奉仕」それはたといゆがめられ微弱で、馬鹿らしいものであろうと、その奉仕の気持から、つい一言の飾りつけをしてしまうという場合が多かったような気もするのですが、しかし、この習性もまた、世間の所謂「正直者」たちから、大いに乗ぜられるところとなりました）その時、ふっと、記憶の底から浮んで来たままに堀木の住所と姓名を、用箋の端にしたためたまでの事だったのです。

自分はヒラメの家を出て、新宿まで歩き、懐中の本を売り、そうして、やっぱり途方にくれてしまいました。自分は、皆にあいそがいいかわりに、「友情」というものを、いちども実感した事が無く、堀木のような遊び友達は別として、いっさいの附き合いは、ただ苦痛を覚えるばかりで、その苦痛をもみほぐそうとして懸命にお道化を演じて、かえって、へとへとになり、わずかに知合っているひとの顔を、それに似た顔をさえ、往来などで見掛けても、ぎょっとして、一瞬、めまいするほどの不快な戦慄に襲われる有様で、人に好かれる事は知っていても、人を愛する能力に於(お)いては欠けているところがあるようでした。（もっとも、自分は、世の中の人間にだって、果して、「愛」の能力があるのかどうか、たいへん疑問に思っています）そのような自分に、所謂「親友」など出来る筈は無く、そのうえ自分には、「訪問(ヴィジット)」の能力さえ無かったのです。他人の家の門は、自分にとって、あの神曲の地獄の門以上に薄気味わるく、その門の奥には、おそろしい竜みたいな生臭い奇獣がうごめいている気配を、誇張でなしに、実感せられていたのです。

誰とも、附き合いが無い。どこへも、訪ねて行けない。

堀木。

それこそ、冗談から駒が出た形でした。あの置手紙に、書いたとおりに、自分は浅草の堀木をたずねて行く事にしたのです。自分はこれまで、自分のほうから堀木の家をたずねて行った事は、いちども無く、たいてい電報で堀木を自分のほうに呼び寄せていたのですが、いまはその電報料さえ心細く、それに落ちぶれた身のひがみから、電報を打っただけでは、堀木は、来てくれぬかも知れぬと考えて、何よりも自分に苦手の「訪問」を決意し、溜息(ためいき)をついて市電に乗り、自分にとって、この世の中でたった一つの頼みの綱は、あの堀木なのか、と思い知ったら、何か脊筋の寒くなるような凄じい気配に襲われました。

堀木は、在宅でした。汚い露路の奥の、二階家で、堀木は二階のたった一部屋の六畳を使い、下では、堀木の老父母と、それから若い職人と三人、下駄の鼻緒を縫ったり叩いたりして製造しているのでした。

堀木は、その日、彼の都会人としての新しい一面を自分に見せてくれました。それは、俗にいうチャッカリ性でした。田舎者の自分が、愕然と眼をみはったくらいの、冷たく、ずるいエゴイズムでした。自分のように、ただ、とめどなく流れるたちの男では無かったのです。

「お前には、全く呆れた。親爺さんから、お許しが出たかね。まだかい」

逃げて来た、とは、言えませんでした。

自分は、れいに依って、ごまかしました。いまに、すぐ、堀木に気附かれるに違いないのに、ごまかしました。

「それは、どうにかなるさ」

「おい、笑いごとじゃ無いぜ。忠告するけど、馬鹿もこのへんでやめるんだな。おれは、きょうは、用事があるんだがね。この頃、ばかにいそがしいんだ」

「用事って、どんな？」

「おい、おい、座蒲団の糸を切らないでくれよ」

自分は話をしながら、自分の敷いている座蒲団の綴糸（とじいと）というのか、くくり紐（ひも）というのか、あの総（ふさ）のような四隅の糸の一つを無意識に指先でもてあそび、ぐいと引っぱったりなどしていたのでした。堀木は、堀木の家の品物なら、座蒲団の糸一本でも惜しいらしく、恥じる色も無く、それこそ、眼に角（かど）を立てて、自分をとがめるのでした。考えてみると、堀木は、これまで自分との附合いに於いて何一つ失ってはいなかったのです。

堀木の老母が、おしるこを二つお盆に載せて持って来ました。

「あ、これは」

と堀木は、しんからの孝行息子のように、老母に向って恐縮し、言葉づかいも不自然なくらい丁寧に、

「すみません、おしるこですか。豪気だなあ。こんな心配は、要らなかったんですよ。用事で、すぐ外出しなけれゃいけないんですから。いいえ、でも、せっかくの御自慢のおしるこを、もったいない。いただきます。お前も一つ、どうだい。おふくろが、わざわざ作ってくれたんだ。ああ、こいつあ、うめえや。豪気だなあ」

と、まんざら芝居でも無いみたいに、ひどく喜び、おいしそうに食べるのです。自分もそれを啜りましたが、お湯のにおいがして、そうして、お餅をたべたら、それはお餅でなく、自分にはわからないものでした。決して、その貧しさを軽蔑したのではありません。（自分は、その時それを、不味いとは思いませんでしたし、また、老母の心づくしも身にしみました。自分には、貧しさへの恐怖感はあっても、軽蔑感は、無いつもりでいます）あのおしること、それから、そのおしるこを喜ぶ堀木に依って、自分は、都会人のつましい本性、また、内と外をちゃんと区別していとなんでいる東京の人の家庭の実体を見せつけられ、内も外も変りなく、ただのべつ幕無しに人間の生活から逃げ廻ってばかりいる薄馬鹿の自分ひとりだけ完全に取残され、堀木にさえ見捨てられたような気配に、狼狽し、おしるこのはげた塗箸をあつかいながら、たまらなく侘びしい思いをしたという事を、記して置きたいだけなのです。

「わるいけど、おれは、きょうは用事があるんでね」

堀木は立って、上衣を着ながらそう言い、

「失敬するぜ、わるいけど」

その時、堀木に女の訪問者があり、自分の身の上も急転しました。

堀木は、にわかに活気づいて、

「や、すみません。いまね、あなたのほうへお伺いしようと思っていたのですがね、このひとが突然やって来て、いや、かまわないんです。さあ、どうぞ」

よほど、あわてているらしく、自分が自分の敷いている座蒲団をはずして裏がえしにして差し出したのを引ったくって、また裏がえしにして、その女のひとにすすめました。部屋には、堀木の座蒲団の他には、客座蒲団がたった一枚しか無かったのです。

女のひとは瘦せて、脊の高いひとでした。その座蒲団は傍にのけて、入口ちかくの片隅に坐りました。

自分は、ぼんやり二人の会話を聞いていました。女は雑誌社のひとのようで、堀木にカットだか、何だかをかねて頼んでいたらしく、それを受取りに来たみたいな具合いでした。

「いそぎますので」

「出来ています。もうとっくに出来ています。これです、どうぞ」

電報が来ました。

堀木が、それを読み、上機嫌のその顔がみるみる険悪になり、

「ちぇっ！　お前、こりゃ、どうしたんだい」

ヒラメからの電報でした。

「とにかく、すぐに帰ってくれ。おれが、お前を送りとどけるといいんだろうが、おれにはいま、そんなひまは、無えや。家出していながら、その、のんきそうな面（つら）ったら」

「お宅は、どちらなのですか？」

「大久保です」

ふいと答えてしまいました。

「そんなら、社の近くですから」

女は、甲州の生れで二十八歳でした。五つになる女児と、高円寺のアパートに住んでいました。夫と死別して、三年になると言っていました。

「あなたは、ずいぶん苦労して育って来たみたいなひとね。よく気がきくわ。可哀そうに」

はじめて、男めかけみたいな生活をしました。シヅ子（というのが、その女記者の名前でした）が新宿の雑誌社に勤めに出たあとは、自分とそれからシゲ子という五つの女児と二人、おとなしくお留守番という事になりました。それまでは、母の留守には、シゲ子はアパートの管理人の部屋で遊んでいたようでしたが、「気のきく」おじさんが遊び相手として現われたので、大いに御機嫌がいい様子でした。

一週間ほど、ぼんやり、自分はそこにいました。アパートの窓のすぐ近くの電線に、奴(やっこ)

凧が一つひっからまっていて、春のほこり風に吹かれ、破られ、それでもなかなか、しつっこく電線にからみついて離れず、何やら首肯いたりなんかしているので、自分はそれを見る度毎に苦笑し、赤面し、夢にさえ見て、うなされました。

「お金が、ほしいな」

「……いくら位？」

「たくさん。……金の切れ目が、縁の切れ目、って、本当の事だよ」

「ばからしい。そんな、古くさい、……」

「そう？　しかし、君には、わからないんだ。このままでは、僕は、逃げる事になるかも知れない」

「いったい、どっちが貧乏なのよ。そうして、どっちが逃げるのよ。へんねえ」

「自分でかせいで、そのお金で、お酒、いや、煙草を買いたい。絵だって僕は、堀木なんかより、ずっと上手なつもりなんだ」

このような時、自分の脳裡におのずから浮びあがって来るものは、あの中学時代に画いた竹一の所謂「お化け」の、数枚の自画像でした。失われた傑作。それは、たびたびの引越しの間に、失われてしまっていたのですが、あれだけは、たしかに優れている絵だったような気がするのです。その後、さまざま画いてみても、その思い出の中の逸品には、遠く遠く及ばず、自分はいつも、胸がからっぽになるような、だるい喪失感になやまされ続けて来たのでした。

飲み残した一杯のアブサン。

自分は、その永遠に償い難いような喪失感を、こっそりそう形容していました。絵の話が出ると、自分の眼前に、その飲み残した一杯のアブサンがちらついて来て、ああ、あの絵をこのひとに見せてやりたい、そうして、自分の画才を信じさせたい、という焦燥（しょうそう）にもだえるのでした。

「ふふ、どうだか。あなたは、まじめな顔をして冗談を言うから可愛い」

冗談ではないのだ、本当なんだ、ああ、あの絵を見せてやりたい、と空転の煩悶（はんもん）をして、ふいと気をかえ、あきらめて、

「漫画さ。すくなくとも、漫画なら、堀木よりは、うまいつもりだ」

その、ごまかしの道化の言葉のほうが、かえってまじめに信ぜられました。

「そうね。私も、実は感心していたの。シゲ子にいつもかいてやっている漫画、つい私まで噴き出してしまう。やってみたら、どう？　私の社の編輯長に、たのんでみてあげてもいいわ」

その社では、子供相手のあまり名前を知られていない月刊の雑誌を発行していたのでした。

……あなたを見ると、たいていの女のひとは、何かしてあげたくて、たまらなくなる。……いつも、おどおどしていて、それでいて、滑稽家なんだもの。……時たま、ひとりで、ひどく沈んでいるけれども、そのさまが、いっそう女のひとの心を、かゆがらせる。

シヅ子に、そのほかさまざまの事を言われて、おだてられても、それが即ち男めかけのけがらわしい特質なのだ、と思えば、それこそいよいよ「沈む」ばかりで、一向に元気が出ず、女よりは金、とにかくシヅ子からのがれて自活したいとひそかに念じ、工夫しているものの、かえってだんだんシヅ子にたよらなければならぬ破目になって、家出の後仕末やら何やら、ほとんど全部、この男まさりの甲州女の世話を受け、いっそう自分は、シヅ子に対し、所謂「おどおど」しなければならぬ結果になったのでした。

　シヅ子の取計らいで、ヒラメ、堀木、それにシヅ子、三人の会談が成立して、自分は、故郷から全く絶縁せられ、そうしてシヅ子と「天下晴れて」同棲という事になり、これまた、シヅ子の奔走のおかげで自分の漫画も案外お金になって、自分はそのお金で、お酒も、煙草も買いましたが、自分の心細さ、うっとうしさは、いよいよつのるばかりなのでした。それこそ「沈み」に「沈み」切って、シヅ子の雑誌の毎月の連載漫画「キンタさんとオタさんの冒険」を画いていると、ふいと故郷の家が思い出され、あまりの侘びしさに、ペンが動かなくなり、うつむいて涙をこぼした事もありました。

　そういう時の自分にとって、幽かな救いは、シゲ子でした。シゲ子は、その頃になって自分の事を、何もこだわらずに「お父ちゃん」と呼んでいました。

「お父ちゃん。お祈りをすると、神様が、何でも下さるって、ほんとう？」

　自分こそ、そのお祈りをしたいと思いました。

ああ、われに冷き意志を与え給え。われに、「人間」の本質を知らしめ給え。人が人を押しのけても、罪ならずや。われに、怒りのマスクを与え給え。

「うん、そう。シゲちゃんには何でも下さるだろうけれども、お父ちゃんには、駄目かも知れない」

自分は神にさえ、おびえていました。神の愛は信ぜられず、神の罰だけを信じているのでした。信仰。それは、ただ神の笞を受けるために、うなだれて審判の台に向う事のような気がしているのでした。地獄は信ぜられても、天国の存在は、どうしても信ぜられなかったのです。

「どうして、ダメなの？」

「親の言いつけに、そむいたから」

「そう？　お父ちゃんはとてもいいひとだって、みんな言うけどな」

それは、だましているからだ、このアパートの人たち皆に、自分が好意を示されているのは、自分も知っている、しかし、自分は、どれほど皆を恐怖しているか、恐怖すればばするほど好かれ、そうして、こちらは好かれると好かれるほど恐怖し、皆から離れて行かねばならぬ、この不幸な病癖を、シゲ子に説明して聞かせるのは、至難の事でした。

「シゲちゃんは、いったい、神様に何をおねだりしたいの？」

自分は、何気無さそうに話頭を転じました。

「シゲ子はね、シゲ子の本当のお父ちゃんがほしいの」

ぎょっとして、くらくら目まいしました。敵。自分がシゲ子の敵なのか、シゲ子が自分の敵なのか、とにかく、ここにも自分をおびやかすおそろしい大人がいたのだ、他人、不可解な他人、秘密だらけの他人、シゲ子の顔が、にわかにそのように見えて来ました。

シゲ子だけは、と思っていたのに、やはり、この者も、あの「不意に虻を叩き殺す牛のしっぽ」を持っていたのでした。自分は、それ以来、シゲ子にさえおどおどしなければならなくなりました。

「色魔！いるかい？」

堀木が、また自分のところへたずねて来るようになっていたのです。あの家出の日に、あれほど自分を淋しくさせた男なのに、それでも自分は拒否できず、幽かに笑って迎えるのでした。

「お前の漫画は、なかなか人気が出ているそうじゃないか。アマチュアには、こわいもの知らずの糞度胸（くそどきょう）があるからかなわねえ。しかし、油断するなよ。デッサンが、ちっともなってやしないんだから」

お師匠みたいな態度をさえ示すのです。自分のあの「お化け」の絵を、こいつに見せたら、どんな顔をするだろう、とれいの空転の身悶え（みもだえ）をしながら、

「それを言ってくれるな。ぎゃっという悲鳴が出る」

堀木は、いよいよ得意そうに、

「世渡りの才能だけでは、いつかは、ボロが出るからな」

世渡りの才能。……自分には、ほんとうに苦笑の他はありませんでした。自分に、世渡りの才能！　しかし、自分のように人間をおそれ、避け、ごまかしているのは、れいの俗（ぞく）

諺の「さわらぬ神にたたりなし」とかいう怜悧狡猾の処生訓を遵奉しているのと、同じ形だ、という事になるのでしょうか。ああ、人間は、お互い何も相手をわからない、まるっきり間違って見ていながら、無二の親友のつもりでいて、一生、それに気附かず、相手が死ねば、泣いて弔詞なんかを読んでいるのではないでしょうか。

堀木は、何せ、（それはシヅ子に押してたのまれてしぶしぶ引受けたに違いないのですが）自分の家出の後仕末に立ち合ったひとなので、まるでもう、自分の更生の大恩人か、月下氷人のように振舞い、もっともらしい顔をして自分にお説教めいた事を言ったり、また、深夜、酔っぱらって訪問して泊ったり、また、五円（きまって五円でした）借りて行ったりするのでした。

「しかし、お前の、女道楽もこのへんでよすんだね。これ以上は、世間が、ゆるさないからな」

世間とは、いったい、何の事でしょう。人間の複数でしょうか。どこに、その世間というものの実体があるのでしょう。けれども、何しろ、強く、きびしく、こわいもの、とばかり思ってこれまで生きて来たのですが、しかし、堀木にそう言われて、ふと、

「世間というのは、君じゃないか」

という言葉が、舌の先まで出かかって、堀木を怒らせるのがイヤで、ひっこめました。

（それは世間が、ゆるさない）

（世間じゃない。あなたが、ゆるさないのでしょう？）

（そんな事をすると、世間からひどいめに逢うぞ）

（世間じゃない。あなたでしょう？）

（いまに世間から葬られる）

（世間じゃない。葬むるのは、あなたでしょう？）

汝は、汝個人のおそろしさ、怪奇、悪辣、古狸性、妖婆性を知れ！　などと、さまざまの言葉が胸中に去来したのですが、自分は、ただ顔の汗をハンケチで拭いて、

「冷汗、冷汗」

と言って笑っただけでした。

けれども、その時以来、自分は、（世間とは個人じゃないか）という、思想めいたものを持つようになったのです。

そうして、世間というものは、個人ではなかろうかと思いはじめてから、自分は、いままでよりは多少、自分の意志で動く事が出来るようになりました。シヅ子の言葉を借りて言えば、自分は少しわがままになり、おどおどしなくなりました。また、堀木の言葉を借りて言えば、へんにケチになりました。また、シゲ子の言葉を借りて言えば、あまりシゲ子を可愛がらなくなりました。

無口で、笑わず、毎日々々、シゲ子のおもりをしながら、「キンタさんとオタさんの冒険」やら、またノンキなトウサンの歴然たる亜流の「ノンキ和尚(おしょう)」やら、また、「セッカチピンチャン」という自分ながらわけのわからぬヤケクソの題の連載漫画やらを、各社の御注文（ぽつりぽつり、シヅ子の社の他からも注文が来るようになっていましたが、すべてそれは、シヅ子の社よりも、もっと下品な謂わば三流出版社からの注文ばかりでした）に応じ、実に実に陰鬱な気持で、のろのろと、（自分の画の運筆は、非常におそいほうでした）いまはただ、酒代がほしいばかりに画いて、そうして、シヅ子が社から帰るとそれと交代にぷいと外へ出て、高円寺の駅近くの屋台やスタンド・バアで安くて強い酒を飲み、少し陽気になってアパートへ帰り、

「見れば見るほど、へんな顔をしているねえ、お前は。ノンキ和尚の顔は、実は、お前の寝顔からヒントを得たのだ」

「あなたの寝顔だって、ずいぶんお老けになりましてよ。四十男みたい」

「お前のせいだ。吸い取られたんだ。水の流れと、人の身はあサ。何をくよくよ川端やなあぎいサ」

「騒がないで、早くおやすみなさいよ。それとも、ごはんをあがりますか？」

落ちついていて、まるで相手にしません。

「酒なら飲むがね。水の流れと、人の身はあサ。人の流れと、いや、水の流れえと、水の身はあサ」

唄いながら、シヅ子に衣服をぬがせられ、シヅ子の胸に自分の額を押しつけて眠ってしまう、それが自分の日常でした。

してその翌日も同じ事を繰返して、
昨日に異らぬ慣例に従えばよい。
即ち荒っぽい大きな歓楽を避けてさえいれば、
自然また大きな悲哀もやって来ないのだ。
ゆくてを塞ぐ邪魔な石を
蟾蜍は廻って通る。

上田敏訳のギイ・シャルル・クロオとかいうひとの、こんな詩句を見つけた時、自分はひとりで顔を燃えるくらいに赤くしました。

蟾蜍。

（それが、自分だ。世間がゆるすも、ゆるさぬもない。葬むるも、葬むらぬもない。自分は、犬よりも猫よりも劣等な動物なのだ。蟾蜍。のそのそ動いているだけだ）

自分の飲酒は、次第に量がふえて来ました。高円寺駅附近だけでなく、新宿、銀座のほうにまで出かけて飲み、外泊する事さえあり、ただもう「慣例（しきたり）」に従わぬよう、バアで無頼漢の振りをしたり、片端からキスしたり、つまり、また、あの情死以前の、いや、あの頃よりさらに荒（すさ）んで野卑な酒飲みになり、金に窮して、シヅ子の衣類を持ち出すほどになりました。

ここへ来て、あの破れた奴凧に苦笑してから一年以上経って、葉桜の頃、自分は、またもシヅ子の帯やら襦袢（じゅばん）やらをこっそり持ち出して質屋に行き、お金を作って銀座で飲み、二晩つづけて外泊して、三日目の晩、さすがに具合い悪い思いで、無意識に足音をしのばせて、アパートのシヅ子の部屋の前まで来ると、中から、シヅ子とシゲ子の会話が聞えます。

「なぜ、お酒を飲むの？」

「お父ちゃんはね、お酒を好きで飲んでいるのでは、ないんですよ。あんまりいいひとだから、だから、……」

「いいひとは、お酒を飲むの？」

「そうでもないけど、……」

「お父ちゃんは、きっと、びっくりするわね」

「おきらいかも知れない。ほら、ほら、箱から飛び出した」

「セッカチピンチャンみたいね」

「そうねえ」

シヅ子の、しんから幸福そうな低い笑い声が聞えました。

自分が、ドアを細くあけて中をのぞいて見ますと、白兎の子でした。ぴょんぴょん部屋中を、はね廻り、親子はそれを追っていました。

（幸福なんだ、この人たちは。自分という馬鹿者が、この二人のあいだにはいって、いまに二人を滅茶苦茶にするのだ。つつましい幸福。いい親子。幸福を、ああ、もし神様が、自分のような者の祈りでも聞いてくれるなら、いちどだけ、生涯にいちどだけでいい、祈る）

自分は、そこにうずくまって合掌したい気持でした。そっと、ドアを閉め、自分は、また銀座に行き、それっきり、そのアパートには帰りませんでした。

そうして、京橋のすぐ近くのスタンド・バアの二階に自分は、またも男めかけの形で、寝そべる事になりました。

世間。どうやら自分にも、それがぼんやりわかりかけて来たような気がしていました。個人と個人の争いで、しかも、その場の争いで、しかも、その場で勝てばいいのだ、人間は決して人間に服従しない、奴隷でさえ奴隷らしい卑屈なシッペがえしをするものだ、だから、人間にはその場の一本勝負にたよる他、生き伸びる工夫がつかぬのだ、大義名分らしいものを称（とな）えていながら、努力の目標は必ず個人、個人を乗り越えてまた個人、世間の難解は、個人の難解、大洋（オーシャン）は世間でなくて、個人なのだ、と世の中という大海の幻影におびえる事から、多少解放せられて、以前ほど、あれこれと際限の無い心遣いする事なく、謂わば差し当っての必要に応じて、いくぶん図々しく振舞う事を覚えて来たのです。

高円寺のアパートを捨て、京橋のスタンド・バアのマダムに、

「わかれて来た」

それだけ言って、それで充分、つまり一本勝負はきまって、その夜から、自分は乱暴にもそこの二階に泊り込む事になったのですが、しかし、おそろしい筈の「世間」は、自分に何の危害も加えませんでしたし、また自分も「世間」に対して何の弁明もしませんでした。マダムが、その気だったら、それですべてがいいのでした。

自分は、その店のお客のようでもあり、亭主のようでもあり、走り使いのようでもあり、親戚の者のようでもあり、はたから見て甚(はなは)だ得態(えたい)の知れない存在だった筈なのに、「世間」は少しもあやしまず、そうしてその店の常連たちも、自分を、葉ちゃん、葉ちゃんと呼んで、ひどく優しく扱い、そうしてお酒を飲ませてくれるのでした。

自分は世の中に対して、次第に用心しなくなりました。世の中というところは、そんな

に、おそろしいところでは無い、と思うようになりました。つまり、これまでの自分の恐怖感は、春の風には百日咳の黴菌が何十万、銭湯には、目のつぶれる黴菌が何十万、床屋には禿頭病の黴菌が何十万、省線の吊皮には疥癬の虫がうようよ、または、おさしみ、牛豚肉の生焼けには、さなだ虫の幼虫やら、ジストマやら、何やらの卵などが必ずひそんでいて、また、はだしで歩くと足の裏からガラスの小さい破片がはいって、その破片が体内を駈けめぐり眼玉を突いて失明させる事もあるとかいう謂わば「科学の迷信」におびやかされていたようなものなのでした。それは、たしかに何十万もの黴菌の浮び泳ぎうごめいているのは、「科学的」にも、正確な事でしょう。と同時に、その存在を完全に黙殺さえすれば、それは自分とみじんのつながりも無くなってたちまち消え失せる「科学の幽霊」に過ぎないのだという事をも、自分は知るようになったのです。お弁当箱に食べ残しのごはん三粒、千万人が一日に三粒ずつ食べ残しても既にそれは、米何俵をむだに捨てた事になる、とか、或いは、一日に鼻紙一枚の節約を千万人が行うならば、どれだけのパルプが浮くか、などという「科学的統計」に、自分は、どれだけおびやかされ、ごはんを一粒でも食べ残す度毎に、また鼻をかむ度毎に、山ほどの米、山ほどのパルプを空費するような錯覚に悩み、自分がいま重大な罪を犯しているみたいな暗い気持になったものですが、しかし、それこそ「科学の嘘」「統計の嘘」「数学の嘘」で、三粒のごはんは集められるものでなく、掛算割算の応用問題としても、まことに原始的で低能なテーマで、電気のついてない暗いお便所の、あの穴に人は何度にいちど片脚を踏みはずして落下させるか、または、省線電車の出入口と、プラットホームの縁（へり）とのあの隙間に、乗客の何人中の何人が足を落とし込むか、そんなプロバビリティを計算するのと同じ程度にばからしく、それは如何（いか）にも有り得る事のようでもありながら、お便所の穴をまたぎそこねて怪我をしたという例は、少しも聞かないし、そんな仮説を「科学的事実」として教え込まれ、それを全く現実として受取り、恐怖していた昨日までの自分をいとおしく思い、笑いたく思ったくらいに、自分は、世の中というものの実体を少しずつ知って来たというわけなのでした。

そうは言っても、やはり人間というものが、まだまだ、自分にはおそろしく、店のお客と逢うのにも、お酒をコップで一杯ぐいと飲んでからでなければいけませんでした。こわいもの見たさ。自分は、毎晩、それでもお店に出て、子供が、実は少しこわがっている小動物などを、かえって強くぎゅっと握ってしまうみたいに、店のお客に向って酔ってつたない芸術論を吹きかけるようにさえなりました。

漫画家。ああ、しかし、自分は、大きな歓楽（よろこび）も、また、大きな悲哀（かなしみ）もない無名の漫画家。いかに大きな悲哀（かなしみ）があとでやって来てもいい、荒っぽい大きな歓楽（よろこび）が欲しいと内心あせってはいても、自分の現在のよろこびたるや、お客とむだ事を言い合い、お客の酒を飲む事だけでした。

京橋へ来て、こういうくだらない生活を既に一年ちかく続け、自分の漫画も、子供相手の雑誌だけでなく、駅売りの粗悪で卑猥（ひわい）な雑誌などにも載るようになり、自分は、上司幾太（情死、生きた）という、ふざけ切った匿名で、汚いはだかの絵など画き、それにたいていルバイヤットの詩句を挿入（そうにゅう）しました。

無駄な御祈りなんか止（よ）せったら
涙を誘うものなんか　かなぐりすてろ
まア一杯いこう　好いことばかり思出して
よけいな心づかいなんか忘れっちまいな

不安や恐怖もて人を脅やかす奴輩（やから）は
自（みずから）の作りし大それた罪に怯（おび）え
死にしものの復讐（ふくしゅう）に備えんと
自（みずから）の頭にたえず計いを為（な）す

よべ　酒充ちて我ハートは喜びに充ち
けさ　さめて只（ただ）に荒涼
いぶかし　一夜（ひとよ）さの中
様変りたる此（この）気分よ

祟（たた）りなんて思うこと止（や）めてくれ

遠くから響く太鼓のように
何がなしそいつは不安だ
屁(へ)ひったこと迄(まで)一々罪に勘定されたら助からんわい

正義は人生の指針たりとや？
さらば血に塗られたる戦場に
暗殺者の切尖(きっさき)に
何の正義か宿れるや？

いずこに指導原理ありや？
いかなる叡智(えいち)の光ありや？

美（うる）わしくも怖（おそろ）しきは浮世なれ
かよわき人の子は背負切れぬ荷をば負わされ

どうにもできない情慾の種子を植えつけられた許（ばか）りに
善だ悪だ罪だ罰だと呪（のろ）わるるばかり
どうにもできない只まごつくばかり
抑え摧（くだ）く力も意志も授けられぬ許りに

どこをどう彷徨（うろつき）まわってたんだい
ナニ批判　検討　再認識？
ヘッ　空（むな）しき夢を　ありもしない幻を

エヘッ　酒を忘れたんで　みんな虚仮（こけ）の思案さ

どうだ　此涯（はて）もない大空を御覧よ
此中にポッチリ浮んだ点じゃい
此地球が何んで自転するのか分るもんか
自転　公転　反転も勝手ですわい

至る処（ところ）に　至高の力を感じ
あらゆる国にあらゆる民族に
同一の人間性を発見する
我は異端者なりとかや

みんな聖経をよみ違えてんのよ
でなきゃ常識も智慧(ちえ)もないのよ
生身(いきみ)の喜びを禁じたり　酒を止めたり
いいわ　ムスタッファ　わたしそんなの　大嫌い

けれども、その頃、自分に酒を止めよ、とすすめる処女がいました。

「いけないわ、毎日、お昼から、酔っていらっしゃる」

バアの向いの、小さい煙草屋の十七、八の娘でした。ヨシちゃんと言い、色の白い、八重歯のある子でした。自分が、煙草を買いに行くたびに、笑って忠告するのでした。

「なぜ、いけないんだ。どうして悪いんだ。あるだけの酒をのんで、人の子よ、憎悪を消せ消せ消せ、ってね、むかしペルシャのね、まあよそう、悲しみ疲れたるハートに希望を持ち来すは、ただ微醺(びくん)をもたらす玉杯なれ、ってね。わかるかい」

「わからない」

「この野郎。キスしてやるぞ」

「してよ」

ちっとも悪びれず下唇を突き出すのです。

「馬鹿野郎。貞操観念、……」

しかし、ヨシちゃんの表情には、あきらかに誰にも汚されていない処女のにおいがしていました。

としが明けて厳寒の夜、自分は酔って煙草を買いに出て、その煙草屋の前のマンホールに落ちて、ヨシちゃん、たすけてくれえ、と叫び、ヨシちゃんに引き上げられ、右腕の傷の手当を、ヨシちゃんにしてもらい、その時ヨシちゃんは、しみじみ、

「飲みすぎますわよ」

と笑わずに言いました。

自分は死ぬのは平気なんだけど、怪我をして出血してそうして不具者などになるのは、まっぴらごめんのほうですので、ヨシちゃんに腕の傷の手当をしてもらいながら、酒も、もういい加減によそうかしら、と思ったのです。

「やめる。あしたから、一滴も飲まない」

「ほんとう?」

「きっと、やめる。やめたら、ヨシちゃん、僕のお嫁になってくれるかい?」

しかし、お嫁の件は冗談でした。

「モチよ」

モチとは、「勿論」の略語でした。モボだの、モガだの、その頃いろんな略語がはやっていました。

「ようし。ゲンマンしよう。きっとやめる」

そうして翌る日、自分は、やはり昼から飲みました。

夕方、ふらふら外へ出て、ヨシちゃんの店の前に立ち、

「ヨシちゃん、ごめんね。飲んじゃった」

「あら、いやだ。酔った振りなんかして」

ハッとしました。酔いもさめた気持でした。

「いや、本当なんだ。本当に飲んだのだよ。酔った振りなんかしてるんじゃない」

「からかわないでよ。ひとがわるい」

てんで疑おうとしないのです。

「見ればわかりそうなものだ。きょうも、お昼から飲んだのだ。ゆるしてね」

「お芝居が、うまいのねえ」

「芝居じゃあないよ、馬鹿野郎。キスしてやるぞ」

「してよ」

「いや、僕には資格が無い。お嫁にもらうのもあきらめなくちゃならん。顔を見なさい、赤いだろう？　飲んだのだよ」

「それあ、夕陽が当っているからよ。かつごうたって、だめよ。きのう約束したんですもの。飲む筈が無いじゃないの。ゲンマンしたんですもの。飲んだなんて、ウソ、ウソ、ウソ」


　薄暗い店の中に坐って微笑しているヨシちゃんの白い顔、ああ、よごれを知らぬヴァジニティは尊いものだ、自分は今まで、自分よりも若い処女と寝た事がない、結婚しよう、どんな大きな悲哀（かなしみ）がそのために後からやって来てもよい、荒っぽいほどの大きな歓楽（よろこび）を、生涯にいちどでいい、処女性の美しさとは、それは馬鹿な詩人の甘い感傷の幻に過ぎぬと思っていたけれども、やはりこの世の中に生きて在るものだ、結婚して春になったら二人で自転車で青葉の滝を見に行こう、と、その場で決意し、所謂「一本勝負」で、その花を盗むのにためらう事をしませんでした。

そうして自分たちは、やがて結婚して、それに依って得た歓楽は、必ずしも大きくはありませんでしたが、その後に来た悲哀は、凄惨と言っても足りないくらい、実に想像を絶して、大きくやって来ました。自分にとって、「世の中」は、やはり底知れず、おそろしいところでした。決して、そんな一本勝負などで、何から何まできまってしまうような、なまやさしいところでも無かったのでした。

二

堀木と自分。

互いに軽蔑しながら附き合い、そうして互いに自らをくだらなくして行く、それがこの世の所謂「交友」というものの姿だとするなら、自分と堀木との間柄も、まさしく「交友」に違いありませんでした。

自分があの京橋のスタンド・バアのマダムの義侠心にすがり、(女のひとの義侠心なんて、言葉の奇妙な遣い方ですが、しかし、自分の経験に依ると、少くとも都会の男女の場合、男よりも女のほうが、その、義侠心とでもいうべきものをたっぷりと持っていました。男はたいてい、おっかなびっくりで、おていさいばかり飾り、そうして、ケチでした）あの煙草屋のヨシ子を内縁の妻にする事が出来て、そうして築地、隅田川の近く、木造の二階建ての小さいアパートの階下の一室を借り、ふたりで住み、酒は止めて、そろそろ自分の定った職業になりかけて来た漫画の仕事に精を出し、夕食後は二人で映画を見に出かけ、帰りには、喫茶店などにはいり、また、花の鉢を買ったりして、いや、それよりも自分をしんから信頼してくれているこの小さい花嫁の言葉を聞き、動作を見ているのが楽しく、これは自分もひょっとしたら、いまにだんだん人間らしいものになる事が出来て、悲惨な死に方などせずにすむのではなかろうかという甘い思いを幽かに胸にあたためはじめていた矢先に、堀木がまた自分の眼前に現われました。

「よう！　色魔。おや？　これでも、いくらか分別くさい顔になりやがった。きょうは、高円寺女史からのお使者なんだがね」

と言いかけて、急に声をひそめ、お勝手でお茶の仕度をしているヨシ子のほうを顎でしゃくって、大丈夫かい？　とたずねますので、

「かまわない。何を言ってもいい」

と自分は落ちついて答えました。

じっさい、ヨシ子は、信頼の天才と言いたいくらい、京橋のバアのマダムとの間はもとより、自分が鎌倉で起した事件を知らせてやっても、ツネ子との間を疑わず、それは自分が嘘がうまいからというわけでは無く、時には、あからさまな言い方をする事さえあったのに、ヨシ子には、それがみな冗談としか聞きとれぬ様子でした。

「相変らず、しょっていやがる。なに、たいした事じゃないがね、たまには、高円寺のほうへも遊びに来てくれっていう御伝言さ」

忘れかけると、怪鳥が羽ばたいてやって来て、記憶の傷口をその嘴(くちばし)で突き破ります。たちまち過去の恥と罪の記憶が、ありありと眼前に展開せられ、わあっと叫びたいほどの恐怖で、坐っておられなくなるのです。

「飲もうか」

と自分。

「よし」

と堀木。

自分と堀木。形は、ふたり似ていました。そっくりの人間のような気がする事もありました。もちろんそれは、安い酒をあちこち飲み歩いている時だけの事でしたが、とにかく、ふたり顔を合せると、みるみる同じ形の同じ毛並の犬に変り降雪のちまたを駈けめぐるという具合いになるのでした。

その日以来、自分たちは再び旧交をあたためたという形になり、京橋のあの小さいバアにも一緒に行き、そうして、とうとう、高円寺のシヅ子のアパートにもその泥酔の二匹の犬が訪問し、宿泊して帰るなどという事にさえなってしまったのです。

忘れも、しません。むし暑い夏の夜でした。堀木は日暮頃、よれよれの浴衣を着て築地の自分のアパートにやって来て、きょう或る必要があって夏服を質入したが、その質入が老母に知れるとまことに具合いが悪い、すぐ受け出したいから、とにかく金を貸してくれ、という事でした。あいにく自分のところにも、お金が無かったので、例に依って、ヨシ子に言いつけ、ヨシ子の衣類を質屋に持って行かせてお金を作り、堀木に貸しても、まだ少し余るのでその残金でヨシ子に焼酎(しょうちゅう)を買わせ、アパートの屋上に行き、隅田川から時たま幽かに吹いて来るどぶ臭い風を受けて、まことに薄汚い納涼の宴を張りました。

自分たちはその時、喜劇名詞、悲劇名詞の当てっこをはじめました。これは、自分の発明した遊戯で、名詞には、すべて男性名詞、女性名詞、中性名詞などの別があるけれども、それと同時に、喜劇名詞、悲劇名詞の区別があって然るべきだ、たとえば、汽船と汽車はいずれも悲劇名詞で、市電とバスは、いずれも喜劇名詞、なぜそうなのか、それのわからぬ者は芸術を談ずるに足らん、喜劇に一個でも悲劇名詞をさしはさんでいる劇作家は、既にそれだけで落第、悲劇の場合もまた然り、といったようなわけなのでした。

「いいかい？　煙草は？」

と自分が問います。

「トラ。（悲劇(トラジディ)の略）」

と堀木が言下に答えます。

「薬は？」

「粉薬かい？　丸薬かい？」

「注射」

「トラ」

「そうかな？　ホルモン注射もあるしねえ」

「いや、断然トラだ。針が第一、お前、立派なトラじゃないか」

「よし、負けて置こう。しかし、君、薬や医者はね、あれで案外、コメ（喜劇（コメディ）の略）なんだぜ。死は？」

「コメ。牧師も和尚（おしょう）も然りじゃね」

「大出来。そうして、生はトラだなあ」

「ちがう。それも、コメ」

「いや、それでは、何でもかでも皆コメになってしまう。ではね、もう一つおたずねするが、漫画家は？　よもや、コメとは言えませんでしょう？」

「トラ、トラ。大悲劇名詞！」

「なんだ、大トラは君のほうだぜ」

こんな、下手な駄洒落みたいな事になってしまっては、つまらないのですけど、しかし自分たちはその遊戯を、世界のサロンにも嘗つて存しなかった頗る気のきいたものだと得意がっていたのでした。

またもう一つ、これに似た遊戯を当時、自分は発明していました。それは、対義語の当てっこでした。黒のアント（対義語の略）は、白。けれども、白のアントは、赤。赤のアントは、黒。

「花のアントは？」

と自分が問うと、堀木は口を曲げて考え、

「ええっと、花月という料理屋があったから、月だ」

「いや、それはアントになっていない。むしろ、同義語（シノニム）だ。星と菫（すみれ）だって、シノニムじゃないか。アントでない」

「わかった、それはね、蜂（はち）だ」

「ハチ？」

「牡丹（ぼたん）に、……蟻（あり）か？」

「なあんだ、それは画題（モチイフ）だ。ごまかしちゃいけない」

「わかった！　花にむら雲、……」

「月にむら雲だろう」

「そう、そう。花に風。風だ。花のアントは、風」

「まずいなあ、それは浪花節（なにわぶし）の文句じゃないか。おさとが知れるぜ」

「いや、琵琶（びわ）だ」

「なおいけない。花のアントはね、……およそこの世で最も花らしくないもの、それをこそ挙げるべきだ」

「だから、その、……待てよ、なあんだ、女か」

「ついでに、女のシノニムは？」

「臓物」

「君は、どうも、詩（ポエジイ）を知らんね。それじゃあ、臓物のアントは？」

「牛乳」

「これは、ちょっとうまいな。その調子でもう一つ。恥。オントのアント」

「恥知らずさ。流行漫画家上司幾太」

「堀木正雄は？」

この辺から二人だんだん笑えなくなって、焼酎の酔い特有の、あのガラスの破片が頭に充満しているような、陰鬱な気分になって来たのでした。

「生意気言うな。おれはまだお前のように、縄目の恥辱など受けた事が無えんだ」

ぎょっとしました。堀木は内心、自分を、真人間あつかいにしていなかったのだ、自分をただ、死にぞこないの、恥知らずの、阿呆のばけものの、謂わば「生ける屍」としか解してくれず、そうして、彼の快楽のために、自分を利用できるところだけは利用する、それっきりの「交友」だったのだ、と思ったら、さすがにいい気持はしませんでしたが、しかしまた、堀木が自分をそのように見ているのも、もっともな話で、自分は昔から、人間の資格の無いみたいな子供だったのだ、やっぱり堀木にさえ軽蔑せられて至当なのかも知れない、と考え直し、

「罪。罪のアントニムは、何だろう。これは、むずかしいぞ」

と何気無さそうな表情を装って、言うのでした。

「法律さ」

堀木が平然とそう答えましたので、自分は堀木の顔を見直しました。近くのビルの明滅

するネオンサインの赤い光を受けて、堀木の顔は、鬼刑事の如く威厳ありげに見えました。自分は、つくづく呆れかえり、

「罪ってのは、君、そんなものじゃないだろう」

罪の対義語が、法律とは！　しかし、世間の人たちは、みんなそれくらいに簡単に考えて、澄まして暮しているのかも知れません。刑事のいないところにこそ罪がうごめいている、と。

「それじゃあ、なんだい、神か？　お前には、どこかヤソ坊主くさいところがあるからな。いや味だぜ」

「まあそんなに、軽く片づけるなよ。も少し、二人で考えて見よう。これはでも、面白いテーマじゃないか。このテーマに対する答一つで、そのひとの全部がわかるような気がするのだ」

「まさか。……罪のアントは、善さ。善良なる市民。つまり、おれみたいなものさ」

「冗談は、よそうよ。しかし、善は悪のアントだ。罪のアントではない」

「悪と罪とは違うのかい？」

「違う、と思う。善悪の概念は人間が作ったものだ。人間が勝手に作った道徳の言葉だ」

「うるせえなあ。それじゃ、やっぱり、神だろう。神、神。なんでも、神にして置けば間違いない。腹がへったなあ」

「いま、したでヨシ子がそら豆を煮ている」

「ありがてえ。好物だ」

両手を頭のうしろに組んで、仰向（あおむけ）にごろりと寝ました。

「君には、罪というものが、まるで興味ないらしいね」

「そりゃそうさ、お前のように、罪人では無いんだから。おれは道楽はしても、女を死なせたり、女から金を巻き上げたりなんかはしねえよ」

死なせたのではない、巻き上げたのではない、と心の何処（どこ）かで幽かな、けれども必死の抗議の声が起っても、しかし、また、いや自分が悪いのだとすぐに思いかえしてしまうこの習癖。

自分には、どうしても、正面切っての議論が出来ません。焼酎の陰鬱な酔いのために刻一刻、気持が険しくなって来るのを懸命に抑えて、ほとんど独りごとのようにして言いました。

「しかし、牢屋にいれられる事だけが罪じゃないんだ。罪のアントがわかれば、罪の実体もつかめるような気がするんだけど、……神、……救い、……愛、……光、……しかし、神にはサタンというアントがあるし、救いのアントは苦悩だろうし、愛には憎しみ、光には闇というアントがあり、善には悪、罪と祈り、罪と悔い、罪と告白、罪と、……嗚呼、みんなシノニムだ、罪の対語は何だ」

「ツミの対語は、ミツさ。蜜の如く甘しだ。腹がへったなあ。何か食うものを持って来いよ」

「君が持って来たらいいじゃないか！」

ほとんど生れてはじめてと言っていいくらいの、烈しい怒りの声が出ました。

「ようし、それじゃ、したへ行って、ヨシちゃんと二人で罪を犯して来よう。議論より実地検分。罪のアントは、蜜豆、いや、そら豆か」

ほとんど、ろれつの廻らぬくらいに酔っているのでした。

「勝手にしろ。どこかへ行っちまえ！」

「罪と空腹、空腹とそら豆、いや、これはシノニムか」

出鱈目を言いながら起き上ります。

罪と罰。ドストイエフスキイ。ちらとそれが、頭脳の片隅をかすめて通り、はっと思いました。もしも、あのドスト氏が、罪と罰をシノニムと考えず、アントニムとして置き並べたものとしたら？　罪と罰、絶対に相通ぜざるもの、氷炭相容れざるもの。罪と罰をアントとして考えたドストの青みどろ、腐った池、乱麻の奥底の、……ああ、わかりかけた、いや、まだ、……などと頭脳に走馬燈がくるくる廻っていた時に、

「おい！　とんだ、そら豆だ。来い！」

堀木の声も顔色も変っています。堀木は、たったいまふらふら起きてしたへ行った、かと思うとまた引返して来たのです。

「なんだ」

異様に殺気立ち、ふたり、屋上から二階へ降り、二階から、さらに階下の自分の部屋へ降りる階段の中途で堀木は立ち止り、

「見ろ！」

と小声で言って指差します。

自分の部屋の上の小窓があいていて、そこから部屋の中が見えます。電気がついたままで、二匹の動物がいました。

自分は、ぐらぐら目まいしながら、これもまた人間の姿だ、これもまた人間の姿だ、おどろく事は無い、など劇(はげ)しい呼吸と共に胸の中で呟(つぶや)き、ヨシ子を助ける事も忘れ、階段に立ちつくしていました。

堀木は、大きい咳ばらいをしました。自分は、ひとり逃げるようにまた屋上に駈け上り、寝ころび、雨を含んだ夏の夜空を仰ぎ、そのとき自分を襲った感情は、怒りでも無く、嫌悪でも無く、また、悲しみでも無く、もの凄まじい恐怖でした。それも、墓地の幽霊などに対する恐怖ではなく、神社の杉木立で白衣の御神体に逢った時に感ずるかも知れないような、四の五の言わさぬ古代の荒々しい恐怖感でした。自分の若白髪は、その夜からはじまり、いよいよ、すべてに自信を失い、いよいよ、ひとを底知れず疑い、この世の営みに対する一さいの期待、よろこび、共鳴などから永遠にはなれるようになりました。実に、それは自分の生涯に於いて、決定的な事件でした。自分は、まっこうから眉間を割られ、そうしてそれ以来その傷は、どんな人間にでも接近する毎に痛むのでした。

「同情はするが、しかし、お前もこれで、少しは思い知ったろう。もう、おれは、二度とここへは来ないよ。まるで、地獄だ。……でも、ヨシちゃんは、ゆるしてやれ。お前だって、どうせ、ろくな奴じゃないんだから。失敬するぜ」

気まずい場所に、永くとどまっているほど間の抜けた堀木ではありませんでした。

自分は起き上って、ひとりで焼酎を飲み、それから、おいおい声を放って泣きました。

いくらでも、いくらでも泣けるのでした。

いつのまにか、背後に、ヨシ子が、そら豆を山盛りにしたお皿を持ってぼんやり立っていました。

「なんにも、しないからって言って、……」

「いい。何も言うな。お前は、ひとを疑う事を知らなかったんだ。お坐り。豆を食べよう」

並んで坐って豆を食べました。嗚呼、信頼は罪なりや？　相手の男は、自分に漫画をかかせては、わずかなお金をもったい振って置いて行く三十歳前後の無学な小男の商人なのでした。

さすがにその商人は、その後やっては来ませんでしたが、自分には、どうしてだか、その商人に対する憎悪よりも、さいしょに見つけたすぐその時に大きい咳ばらいも何もせず、そのまま自分に知らせにまた屋上に引返して来た堀木に対する憎しみと怒りが、眠れぬ夜などにむらむら起って呻(うめ)きました。

ゆるすも、ゆるさぬもありません。ヨシ子は信頼の天才なのです。ひとを疑う事を知らなかったのです。しかし、それゆえの悲惨。

神に問う。信頼は罪なりや。

ヨシ子が汚されたという事よりも、ヨシ子の信頼が汚されたという事が、自分にとってそののち永く、生きておられないほどの苦悩の種になりました。自分のような、いやらしくおどおどして、ひとの顔いろばかり伺い、人を信じる能力が、ひび割れてしまっているものにとって、ヨシ子の無垢(むく)の信頼心は、それこそ青葉の滝のようにすがすがしく思われていたのです。それが一夜で、黄色い汚水に変ってしまいました。見よ、ヨシ子は、その夜から自分の一顰(いっぴん)一笑にさえ気を遣うようになりました。

「おい」

と呼ぶと、ぴくっとして、もう眼のやり場に困っている様子です。どんなに自分が笑わせようとして、お道化を言っても、おろおろし、びくびくし、やたらに自分に敬語を遣うようになりました。

果して、無垢の信頼心は、罪の原泉なりや。

自分は、人妻の犯された物語の本を、いろいろ捜して読んでみました。けれども、ヨシ子ほど悲惨な犯され方をしている女は、ひとりも無いと思いました。どだい、これは、てんで物語にも何もなりません。あの小男の商人と、ヨシ子とのあいだに、少しでも恋に似た感情でもあったなら、自分の気持もかえってたすかるかも知れませんが、ただ、夏の一夜、ヨシ子が信頼して、そうして、それっきり、しかもそのために自分の眉間は、まっこうから割られ声が嗄れて若白髪がはじまり、ヨシ子は一生おろおろしなければならなくなったのです。たいていの物語は、その妻の「行為」を夫が許すかどうか、そこに重点を置いていたようでしたが、それは自分にとっては、そんなに苦しい大問題では無いように思われました。許す、許さぬ、そのような権利を留保している夫こそ幸いなる哉(かな)、とても許す事が出来ぬと思ったなら、何もそんなに大騒ぎせずとも、さっさと妻を離縁して、新しい妻を迎えたらどうだろう、それが出来なかったら、所謂(いわゆる)「許して」我慢するさ、いずれにしても夫の気持一つで四方八方がまるく収るだろうに、という気さえするのでした。つまり、そのような事件は、たしかに夫にとって大いなるショックであっても、しかし、それは「ショック」であって、いつまでも尽きること無く打ち返し打ち寄せる波と違い、権利のある夫の怒りでもってどうにでも処理できるトラブルのように自分には思われたのでした。けれども、自分たちの場合、夫に何の権利も無く、考えると何もかも自分がわるいような気がして来て、怒るどころか、おこごと一つも言えず、また、その妻は、その所有している稀(まれ)な美質に依って犯されたのです。しかも、その美質は、夫のかねてあこがれの、無垢の信頼心というたまらなく可憐(かれん)なものなのでした。

無垢の信頼心は、罪なりや。

唯一のたのみの美質にさえ、疑惑を抱き、自分は、もはや何もかも、わけがわからなくなり、おもむくところは、ただアルコールだけになりました。自分の顔の表情は極度にいやしくなり、朝から焼酎を飲み、歯がぼろぼろに欠けて、漫画もほとんど猥画(わいが)に近いものを画くようになりました。いいえ、はっきり言います。自分はその頃から、春画のコピイをして密売しました。焼酎を買うお金がほしかったのです。いつも自分から視線をはずしておろおろしているヨシ子を見ると、こいつは全く警戒を知らぬ女だったから、あの商人といちどだけでは無かったのではなかろうか、また、堀木は？　いや、或いは自分の知らない人とも？　と疑惑は疑惑を生み、さりとて思い切ってそれを問い正す勇気も無く、れいの不安と恐怖にのたうち廻る思いで、ただ焼酎を飲んで酔っては、わずかに卑屈な誘導訊問(じんもん)みたいなものをおっかなびっくり試み、内心おろかしく一喜一憂し、うわべは、やたらにお道化て、そうして、それから、ヨシ子にいまわしい地獄の愛撫(あいぶ)を加え、泥のように眠りこけるのでした。

その年の暮、自分は夜おそく泥酔して帰宅し、砂糖水を飲みたく、ヨシ子は眠っているようでしたから、自分でお勝手に行き砂糖壺を捜し出し、ふたを開けてみたら砂糖は何もはいってなくて、黒く細長い紙の小箱がはいっていました。何気なく手に取り、その箱にはられてあるレッテルを見て愕然(がくぜん)としました。そのレッテルは、爪で半分以上も掻(か)きはがされていましたが、洋字の部分が残っていて、それにはっきり書かれていました。DIAL。

ジアール。自分はその頃もっぱら焼酎で、催眠剤を用いてはいませんでしたが、しかし、不眠は自分の持病のようなものでしたから、たいていの催眠剤にはお馴染(なじ)みでした。ジアールのこの箱一つは、たしかに致死量以上の筈でした。まだ箱の封を切ってはいませんでしたが、しかし、いつかは、やる気でこんなところに、しかもレッテルを掻きはがしたりなどして隠していたのに違いありません。可哀想に、あの子にはレッテルの洋字が読めないので、爪で半分掻きはがして、これで大丈夫と思っていたのでしょう。(お前に罪は無い)

自分は、音を立てないようにそっとコップに水を満たし、それから、ゆっくり箱の封を切って、全部、一気に口の中にほうり、コップの水を落ちついて飲みほし、電燈を消してそのまま寝ました。

三昼夜、自分は死んだようになっていたそうです。医者は過失と見なして、警察にとどけるのを猶予してくれたそうです。覚醒（かくせい）しかけて、一ばんさきに呟いたうわごとは、うちへ帰る、という言葉だったそうです。うちとは、どこの事を差して言ったのか、当の自分にも、よくわかりませんが、とにかく、そう言って、ひどく泣いたそうです。

次第に霧がはれて、見ると、枕元にヒラメが、ひどく不機嫌な顔をして坐っていました。

「このまえも、年の暮の事でしてね、お互いもう、目が廻るくらいいそがしいのに、いつも、年の暮をねらって、こんな事をやられたひには、こっちの命がたまらない」

ヒラメの話の聞き手になっているのは、京橋のバアのマダムでした。

「マダム」

と自分は呼びました。

「うん、何？　気がついた？」

マダムは笑い顔を自分の顔の上にかぶせるようにして言いました。

自分は、ぽろぽろ涙を流し、

「ヨシ子とわかれさせて」

自分でも思いがけなかった言葉が出ました。

マダムは身を起し、幽かな溜息をもらしました。

それから自分は、これもまた実に思いがけない滑稽とも阿呆らしいとも、形容に苦しむほどの失言をしました。

「僕は、女のいないところに行くんだ」

うわっはっは、とまず、ヒラメが大声を挙げて笑い、マダムもクスクス笑い出し、自分も涙を流しながら赤面の態（てい）になり、苦笑しました。

「うん、そのほうがいい」

とヒラメは、いつまでもだらし無く笑いながら、

「女のいないところに行ったほうがよい。女がいると、どうもいけない。女のいないところとは、いい思いつきです」

　女のいないところ。しかし、この自分の阿呆くさいうわごとは、のちに到って、非常に陰惨に実現せられました。

　ヨシ子は、何か、自分がヨシ子の身代りになって毒を飲んだとでも思い込んでいるらしく、以前よりも尚いっそう、自分に対して、おろおろして、自分が何を言っても笑わず、そうしてろくに口もきけないような有様なので、自分もアパートの部屋の中にいるのが、うっとうしく、つい外へ出て、相変らず安い酒をあおる事になるのでした。しかし、あのジアールの一件以来、自分のからだがめっきり痩せ細って、手足がだるく、漫画の仕事も怠けがちになり、ヒラメがあの時、見舞いとして置いて行ったお金（ヒラメはそれを、渋田の志です、と言っていかにもご自身から出たお金のようにして差出しましたが、これも故郷の兄たちからのお金のようでした。自分もその頃には、ヒラメの家から逃げ出したあ

の時とちがって、ヒラメのそんなもったい振った芝居を、おぼろげながら見抜く事が出来るようになっていましたので、こちらもずるく、全く気づかぬ振りをして、神妙にそのお金のお礼をヒラメに向って申し上げたのでしたが、しかし、ヒラメたちが、なぜ、そんなややこしいカラクリをやらかすのか、わかるような、わからないような、どうしても自分には、へんな気がしてなりませんでした）そのお金で、思い切ってひとりで南伊豆の温泉に行ってみたりなどしましたが、とてもそんな悠長な温泉めぐりなど出来る柄（がら）ではなく、ヨシ子を思えば侘（わ）びしさ限りなく、宿の部屋から山を眺めるなどの落ちついた心境には甚だ遠く、ドテラにも着換えず、お湯にもはいらず、外へ飛び出しては薄汚い茶店みたいなところに飛び込んで、焼酎を、それこそ浴びるほど飲んで、からだ具合いを一そう悪くして帰京しただけの事でした。

東京に大雪の降った夜でした。自分は酔って銀座裏を、ここはお国を何百里、ここはお国を何百里、と小声で繰り返し繰り返し呟くように歌いながら、なおも降りつもる雪を靴先で蹴散（けち）らして歩いて、突然、吐きました。それは自分の最初の喀血（かっけつ）でした。雪の上に、大きい日の丸の旗が出来ました。自分は、しばらくしゃがんで、それから、よごれていない個所の雪を両手で掬（すく）い取って、顔を洗いながら泣きました。

こうこは、どうこの細道じゃ？
こうこは、どうこの細道じゃ？

哀れな童女の歌声が、幻聴のように、かすかに遠くから聞えます。不幸。この世には、さまざまの不幸な人が、いや、不幸な人ばかり、と言っても過言ではないでしょうが、しかし、その人たちの不幸は、所謂世間に対して堂々と抗議が出来、また「世間」もその人たちの抗議を容易に理解し同情します。しかし、自分の不幸は、すべて自分の罪悪からなので、誰にも抗議の仕様が無いし、また口ごもりながら一言でも抗議めいた事を言いかけると、ヒラメならずとも世間の人たち全部、よくもまあそんな口がきけたものだと呆(あき)れかえるに違いないし、自分はいったい俗にいう「わがままもの」なのか、またはその反対に、気が弱すぎるのか、自分でもわけがわからないけれども、とにかく罪悪のかたまりらしいので、どこまでも自(おのず)からどんどん不幸になるばかりで、防ぎ止める具体策など無いのです。

自分は立って、取り敢えず何か適当な薬をと思い、近くの薬屋にはいって、そこの奥さんと顔を見合せ、瞬間、奥さんは、フラッシュを浴びたみたいに首をあげ眼を見はり、棒立ちになりました。しかし、その見はった眼には、驚愕の色も嫌悪の色も無く、ほとんど救いを求めるような、慕うような色があらわれているのでした。ああ、このひとも、きっと不幸な人なのだ、不幸な人は、ひとの不幸にも敏感なものなのだから、と思った時、ふと、その奥さんが松葉杖《まつばづえ》をついて危かしく立っているのに気がつきました。駈け寄りたい思いを抑えて、なおもその奥さんと顔を見合せているうちに涙が出て来ました。すると、奥さんの大きい眼からも、涙がぽろぽろとあふれて出ました。

それっきり、一言も口をきかずに、自分はその薬屋から出て、よろめいてアパートに帰り、ヨシ子に塩水を作らせて飲み、黙って寝て、翌る日も、風邪気味だと嘘をついて一日一ぱい寝て、夜、自分の秘密の喀血がどうにも不安でたまらず、起きて、あの薬屋に行き、こんどは笑いながら、奥さんに、実に素直に今迄のからだ具合いを告白し、相談しました。

「お酒をおよしにならなければ」

自分たちは、肉身のようでした。

「アル中になっているかも知れないんです。いまでも飲みたい」

「いけません。私の主人も、テーベのくせに、菌を酒で殺すんだなんて言って、酒びたりになって、自分から寿命をちぢめました」

「不安でいけないんです。こわくて、とても、だめなんです」

「お薬を差し上げます。お酒だけは、およしなさい」

奥さん（未亡人で、男の子がひとり、それは千葉だかどこだかの医大にはいって、間もなく父と同じ病いにかかり、休学入院中で、家には中風の舅が寝ていて、奥さん自身は五歳の折、小児痲痺で片方の脚が全然だめなのでした）は、松葉杖をコトコトと突きながら、自分のためにあっちの棚、こっちの引出し、いろいろと薬品を取そろえてくれるのでした。

これは、造血剤。

これは、ヴィタミンの注射液。注射器は、これ。

これは、カルシウムの錠剤。胃腸をこわさないように、ジアスターゼ。

これは、何。これは、何、と五、六種の薬品の説明を愛情こめてしてくれたのですが、しかし、この不幸な奥さんの愛情もまた、自分にとって深すぎました。最後に奥さんが、これは、どうしても、なんとしてもお酒を飲みたくて、たまらなくなった時のお薬、と言って素早く紙に包んだ小箱。

モルヒネの注射液でした。

酒よりは、害にならぬと奥さんも言い、自分もそれを信じて、また一つには、酒の酔いもさすがに不潔に感ぜられて来た矢先でもあったし、久し振りにアルコールというサタンからのがれる事の出来る喜びもあり、何の躊躇も無く、自分は自分の腕に、そのモルヒネを注射しました。不安も、焦燥も、はにかみも、綺麗に除去せられ、自分は甚だ陽気な能弁家になるのでした。そうして、その注射をすると自分は、からだの衰弱も忘れて、漫画の仕事に精が出て、自分で画きながら噴き出してしまうほど珍妙な趣向が生れるのでした。

一日一本のつもりが、二本になり、四本になった頃には、自分はもうそれが無ければ、仕事が出来ないようになっていました。

「いけませんよ、中毒になったら、そりゃもう、たいへんです」

薬屋の奥さんにそう言われると、自分はもう可成りの中毒患者になってしまったような気がして来て、（自分は、ひとの暗示に実にもろくひっかかるたちなのです。このお金は使っちゃいけないよ、と言っても、お前の事だものなあ、なんて言われると、何だか使わないと悪いような、期待にそむくような、へんな錯覚が起って、必ずすぐにそのお金を使ってしまうのでした）その中毒の不安のため、かえって薬品をたくさん求めるようになったのでした。

「たのむ！　もう一箱。勘定は月末にきっと払いますから」

「勘定なんて、いつでもかまいませんけど、警察のほうが、うるさいのでねえ」

ああ、いつでも自分の周囲には、何やら、濁って暗く、うさん臭い日蔭者の気配がつきまとうのです。

「そこを何とか、ごまかして、たのむよ、奥さん。キスしてあげよう」

奥さんは、顔を赤らめます。

自分は、いよいよつけ込み、

「薬が無いと仕事がちっとも、はかどらないんだよ。僕には、あれは強精剤みたいなものなんだ」

「それじゃ、いっそ、ホルモン注射がいいでしょう」

「ばかにしちゃいけません。お酒か、そうでなければ、あの薬か、どっちかで無ければ仕事が出来ないんだ」

「お酒は、いけません」

「そうでしょう? 僕はね、あの薬を使うようになってから、お酒は一滴も飲まなかった。おかげで、からだの調子が、とてもいいんだ。僕だって、いつまでも、下手くそな漫画などをかいているつもりは無い、これから、酒をやめて、からだを直して、勉強して、きっと偉い絵画きになって見せる。いまが大事なところなんだ。だからさ、ね、おねがい。キスしてあげようか」

奥さんは笑い出し、

「困るわねえ。中毒になっても知りませんよ」

コトコトと松葉杖の音をさせて、その薬品を棚から取り出し、

「一箱は、あげられませんよ。すぐ使ってしまうのだもの。半分ね」

「ケチだなあ、まあ、仕方が無いや」

家へ帰って、すぐに一本、注射をします。

「痛くないんですか？」

ヨシ子は、おどおど自分にたずねます。

「それあ痛いさ。でも、仕事の能率をあげるためには、いやでもこれをやらなければいけないんだ。僕はこの頃、とても元気だろう？　さあ、仕事だ。仕事、仕事」

とはしゃぐのです。

深夜、薬屋の戸をたたいた事もありました。寝巻姿で、コトコト松葉杖をついて出て来た奥さんに、いきなり抱きついてキスして、泣く真似をしました。

奥さんは、黙って自分に一箱、手渡しました。

薬品もまた、焼酎同様、いや、それ以上に、いまわしく不潔なものだと、つくづく思い知った時には、既に自分は完全な中毒患者になっていました。真に、恥知らずの極でした。自分はその薬品を得たいばかりに、またも春画のコピイをはじめ、そうして、あの薬屋の不具の奥さんと文字どおりの醜関係をさえ結びました。

死にたい、いっそ、死にたい、もう取返しがつかないんだ、どんな事をしても、何をしても、駄目になるだけなんだ、恥の上塗りをするだけなんだ、自転車で青葉の滝など、自分には望むべくも無いんだ、ただけがらわしい罪にあさましい罪が重なり、苦悩が増大し強烈になるだけなんだ、死にたい、死ななければならぬ、生きているのが罪の種なのだ、などと思いつめても、やっぱり、アパートと薬屋の間を半狂乱の姿で往復しているばかりなのでした。

いくら仕事をしても、薬の使用量もしたがってふえているので、薬代の借りがおそろしいほどの額にのぼり、奥さんは、自分の顔を見ると涙を浮べ、自分も涙を流しました。

地獄。

この地獄からのがれるための最後の手段、これが失敗したら、あとはもう首をくくるばかりだ、という神の存在を賭けるほどの決意を以て、自分は、故郷の父あてに長い手紙を書いて、自分の実情一さいを（女の事は、さすがに書けませんでしたが）告白する事にしました。

しかし、結果は一そう悪く、待てど暮せど何の返事も無く、自分はその焦燥と不安のために、かえって薬の量をふやしてしまいました。

今夜、十本、一気に注射し、そうして大川に飛び込もうと、ひそかに覚悟を極めたその日の午後、ヒラメが、悪魔の勘で嗅ぎつけたみたいに、堀木を連れてあらわれました。

「お前は、喀血したんだってな」

堀木は、自分の前にあぐらをかいてそう言い、いままで見た事も無いくらいに優しく微笑みました。その優しい微笑が、ありがたくて、うれしくて、自分はつい顔をそむけて涙を流しました。そうして彼のその優しい微笑一つで、自分は完全に打ち破られ、葬り去られてしまったのです。

自分は自動車に乗せられました。とにかく入院しなければならぬ、あとは自分たちにまかせなさい、とヒラメも、しんみりした口調で、（それは慈悲深いとでも形容したいほど、もの静かな口調でした）自分にすすめ、自分は意志も判断も何も無い者の如く、ただメソメソ泣きながら唯々諾々と二人の言いつけに従うのでした。ヨシ子もいれて四人、自分たちは、ずいぶん永いこと自動車にゆられ、あたりが薄暗くなった頃、森の中の大きい病院の、玄関に到着しました。

サナトリアムとばかり思っていました。

自分は若い医師のいやに物やわらかな、鄭重（ていちょう）な診察を受け、それから医師は、

「まあ、しばらくここで静養するんですね」

と、まるで、はにかむように微笑して言い、ヒラメと堀木とヨシ子は、自分ひとりを置いて帰ることになりましたが、ヨシ子は着換の衣類をいれてある風呂敷包を自分に手渡し、それから黙って帯の間から注射器と使い残りのあの薬品を差し出しました。やはり、強精剤だとばかり思っていたのでしょうか。

「いや、もう要らない」

実に、珍らしい事でした。すすめられて、それを拒否したのは、自分のそれまでの生涯に於いて、その時ただ一度、といっても過言でないくらいなのです。自分の不幸は、拒否の能力の無い者の不幸でした。すすめられて拒否すると、相手の心にも自分の心にも、永遠に修繕し得ない白々しいひび割れが出来るような恐怖におびやかされているのでした。けれども、自分はその時、あれほど半狂乱になって求めていたモルヒネを、実に自然に拒否しました。ヨシ子の謂わば「神の如き無智」に撃たれたのでしょうか。自分は、あの瞬間、すでに中毒でなくなっていたのではないでしょうか。

けれども、自分はそれからすぐに、あのはにかむような微笑をする若い医師に案内せられ、或る病棟にいれられて、ガチャンと鍵（かぎ）をおろされました。脳病院でした。

女のいないところへ行くという、あのジアールを飲んだ時の自分の愚かなうわごとが、まことに奇妙に実現せられたわけでした。その病棟には、男の狂人ばかりで、看護人も男でしたし、女はひとりもいませんでした。

いまはもう自分は、罪人どころではなく、狂人でした。いいえ、断じて自分は狂ってなどいなかったのです。一瞬間といえども、狂った事は無いんです。けれども、ああ、狂人は、たいてい自分の事をそう言うものだそうです。つまり、この病院にいれられた者は気違い、いれられなかった者は、ノーマルという事になるようです。

神に問う。無抵抗は罪なりや？

堀木のあの不思議な美しい微笑に自分は泣き、判断も抵抗も忘れて自動車に乗り、そうしてここに連れて来られて、狂人という事になりました。いまに、ここから出ても、自分はやっぱり狂人、いや、癈人（はいじん）という刻印を額に打たれる事でしょう。

人間、失格。

もはや、自分は、完全に、人間で無くなりました。

ここへ来たのは初夏の頃で、鉄の格子の窓から病院の庭の小さい池に紅（あか）い睡蓮の花が咲いているのが見えましたが、それから三つき経ち、庭にコスモスが咲きはじめ、思いがけなく故郷の長兄が、ヒラメを連れて自分を引き取りにやって来て、父が先月末に胃潰瘍（いかいよう）でなくなったこと、自分たちはもうお前の過去は問わぬ、生活の心配もかけないつもり、何もしなくていい、その代り、いろいろ未練もあるだろうがすぐに東京から離れて、田舎で療養生活をはじめてくれ、お前が東京でしでかした事の後仕末は、だいたい渋田がやってくれた筈だから、それは気にしないでいい、とれいの生真面目な緊張したような口調で言うのでした。

故郷の山河が眼前に見えるような気がして来て、自分は幽かにうなずきました。

まさに癈人。

父が死んだ事を知ってから、自分はいよいよ腑抜けたようになりました。父が、もういない、自分の胸中から一刻も離れなかったあの懐しくおそろしい存在が、もういない、自分の苦悩の壺がからっぽになったような気がしました。自分の苦悩の壺がやけに重かったのも、あの父のせいだったのではなかろうかとさえ思われました。まるで、張合いが抜けました。苦悩する能力をさえ失いました。

長兄は自分に対する約束を正確に実行してくれました。自分の生れて育った町から汽車で四、五時間、南下したところに、東北には珍らしいほど暖かい海辺の温泉地があって、その村はずれの、間数は五つもあるのですが、かなり古い家らしく壁は剥げ落ち、柱は虫に食われ、ほとんど修理の仕様も無いほどの茅屋を買いとって自分に与え、六十に近いひどい赤毛の醜い女中をひとり附けてくれました。

それから三年と少し経ち、自分はその間にそのテツという老女中に数度へんな犯され方をして、時たま夫婦喧嘩みたいな事をはじめ、胸の病気のほうは一進一退、痩せたりふとったり、血痰が出たり、きのう、テツにカルモチンを買っておいで、と言って、村の薬屋にお使いにやったら、いつもの箱と違う形の箱のカルモチンを買って来て、べつに自分も気にとめず、寝る前に十錠のんでも一向に眠くならないので、おかしいなと思っているうちに、おなかの具合がへんになり急いで便所へ行ったら猛烈な下痢で、しかも、それから引続き三度も便所にかよったのでした。不審に堪えず、薬の箱をよく見ると、それはヘノモチンという下剤でした。

自分は仰向けに寝て、おなかに湯たんぽを載せながら、テツにこごとを言ってやろうと思いました。

「これは、お前、カルモチンじゃない。ヘノモチン、という」

と言いかけて、うふふふと笑ってしまいました。「癈人」は、どうやらこれは、喜劇名詞のようです。眠ろうとして下剤を飲み、しかも、その下剤の名前は、ヘノモチン。

いまは自分には、幸福も不幸もありません。

ただ、一さいは過ぎて行きます。

自分がいままで阿鼻叫喚で生きて来た所謂「人間」の世界に於いて、たった一つ、真理らしく思われたのは、それだけでした。

ただ、一さいは過ぎて行きます。

自分はことし、二十七になります。白髪がめっきりふえたので、たいていの人から、四十以上に見られます。

あとがき

この手記を書き綴った狂人を、私は、直接には知らない。けれども、この手記に出て来る京橋のスタンド・バアのマダムともおぼしき人物を、私はちょっと知っているのである。小柄で、顔色のよくない、眼が細く吊り上っていて、鼻の高い、美人というよりは、美青年といったほうがいいくらいの固い感じのひとであった。この手記には、どうやら、昭和五、六、七年、あの頃の東京の風景がおもに写されているように思われるが、私が、その京橋のスタンド・バアに、友人に連れられて二、三度、立ち寄り、ハイボールなど飲んだのは、れいの日本の「軍部」がそろそろ露骨にあばれはじめた昭和十年前後の事であったから、この手記を書いた男には、おめにかかる事が出来なかったわけである。

然るに、ことしの二月、私は千葉県船橋市に疎開している或る友人をたずねた。その友人は、私の大学時代の謂わば学友で、いまは某女子大の講師をしているのであるが、実は私はこの友人に私の身内の者の縁談を依頼していたので、その用事もあり、かたがた何か新鮮な海産物でも仕入れて私の家の者たちに食わせてやろうと思い、リュックサックを背負って船橋市へ出かけて行ったのである。

船橋市は、泥海に臨んだかなり大きいまちであった。新住民たるその友人の家は、その土地の人に所番地を告げてたずねても、なかなかわからないのである。寒い上に、リュックサックを背負った肩が痛くなり、私はレコードの提琴の音にひかれて、或る喫茶店のドアを押した。

そこのマダムに見覚えがあり、たずねてみたら、まさに、十年前のあの京橋の小さいバアのマダムであった。マダムも、私をすぐに思い出してくれた様子で、互いに大袈裟（おおげさ）に驚き、笑い、それからこんな時のおきまりの、れいの、空襲で焼け出されたお互いの経験を問われもせぬのに、いかにも自慢らしく語り合い、

「あなたは、しかし、かわらない」

「いいえ、もうお婆さん。からだが、がたぴしです。あなたこそ、お若いわ」

「とんでもない、子供がもう三人もあるんだよ。きょうはそいつらのために買い出し」

などと、これもまた久し振りで逢った者同志のおきまりの挨拶を交し、それから、二人

に共通の知人のその後の消息をたずね合ったりして、そのうちに、ふとマダムは口調を改め、あなたは葉ちゃんを知っていたかしら、と言う。それは知らない、と答えると、マダムは、奥へ行って、三冊のノートブックと、三葉の写真を持って来て私に手渡し、

「何か、小説の材料になるかも知れませんわ」

と言った。

私は、ひとから押しつけられた材料でものを書けないたちなので、すぐにその場でかえそうかと思ったが、（三葉の写真、その奇怪さに就いては、はしがきにも書いて置いた）その写真に心をひかれ、とにかくノートをあずかる事にして、帰りにはまたここへ立ち寄りますが、何町何番地の何さん、女子大の先生をしているひとの家をご存じないか、と尋ねると、やはり新住民同志、知っていた。時たま、この喫茶店にもお見えになるという。すぐ近所であった。

その夜、友人とわずかなお酒を汲み交し、泊めてもらう事にして、私は朝まで一睡もせずに、れいのノートに読みふけった。

その手記に書かれてあるのは、昔の話ではあったが、しかし、現代の人たちが読んでも、

かなりの興味を持つに違いない。下手に私の筆を加えるよりは、これはこのまま、どこかの雑誌社にたのんで発表してもらったほうが、なお、有意義な事のように思われた。

子供たちへの土産の海産物は、干物だけ。私は、リュックサックを背負って友人の許を辞し、れいの喫茶店に立ち寄り、

「きのうは、どうも。ところで、……」

とすぐに切り出し、

「このノートは、しばらく貸していただけませんか」

「ええ、どうぞ」

「このひとは、まだ生きているのですか？」

「さあ、それが、さっぱりわからないんです。十年ほど前に、京橋のお店あてに、そのノートと写真の小包が送られて来て、差し出し人は葉ちゃんにきまっているのですが、その小包には、葉ちゃんの住所も、名前さえも書いていなかったんです。空襲の時、ほか

のものにまぎれて、これも不思議にたすかって、私はこないだはじめて、全部読んでみて、……」

「泣きましたか?」

「いいえ、泣くというより、……だめね、人間も、ああなっては、もう駄目ね」

「それから十年、とすると、もう亡くなっているかも知れないね。これは、あなたへのお礼のつもりで送ってよこしたのでしょう。多少、誇張して書いているようなところもあるけど、しかし、あなたも、相当ひどい被害をこうむったようですね。もし、これが全部事実だったら、そうして僕がこのひとの友人だったら、やっぱり脳病院に連れて行きたくなったかも知れない」

「あのひとのお父さんが悪いのですよ」

何気なさそうに、そう言った。

「私たちの知っている葉ちゃんは、とても素直で、よく気がきいて、あれでお酒さえ飲まなければ、いいえ、飲んでも、……神様みたいないい子でした」

淺談我的半生

わが半生を語る

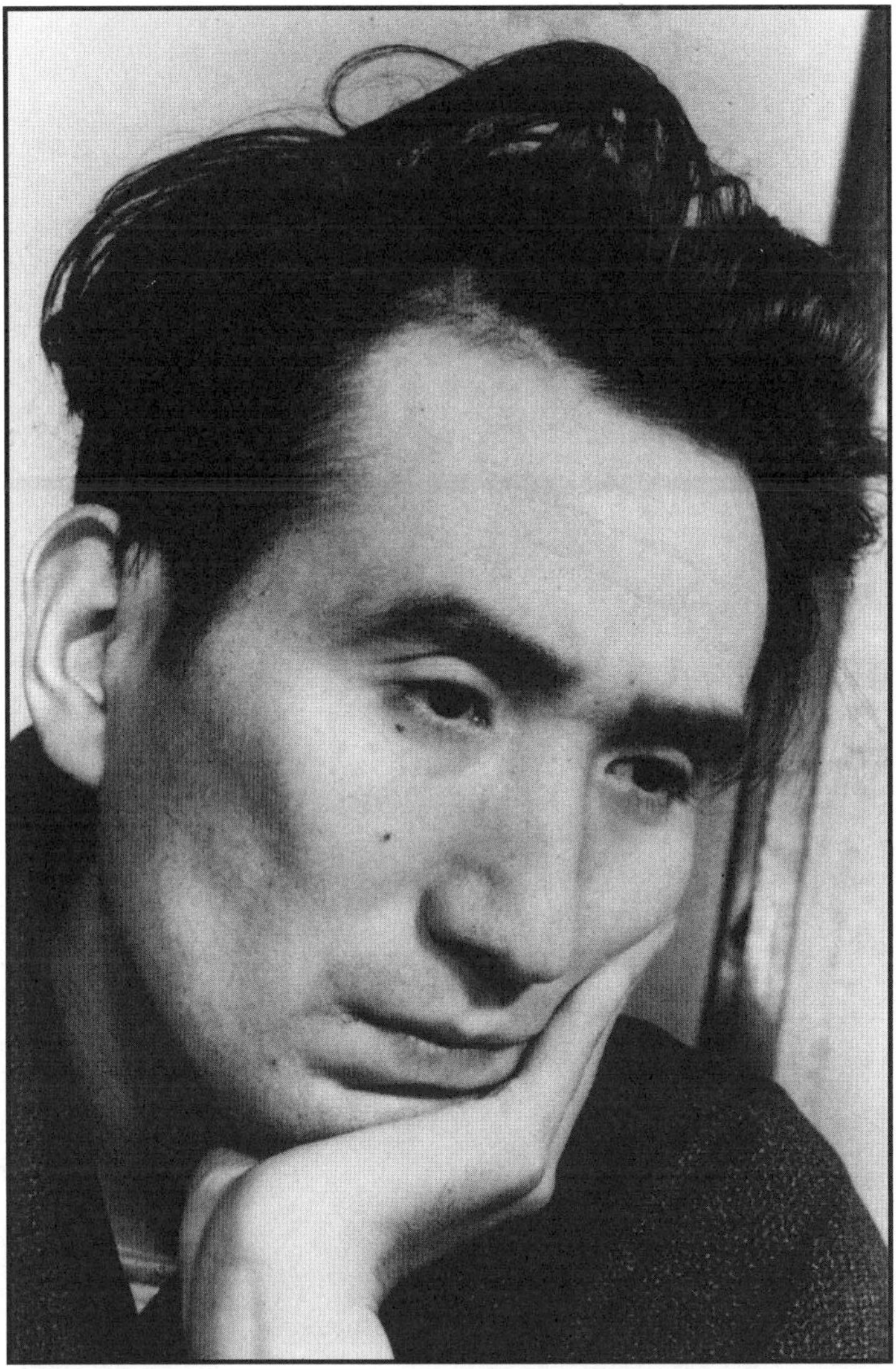

太宰 治

出身與環境

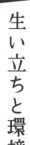

我生於鄉下所謂的有錢人家裡，有眾多的兄姊，是家中的么兒，衣食無缺地長大成人。卻也因此養成我不食人間煙火，且極度怯懦怕羞的性格。我也相當擔心從旁人的眼裡看來，

生い立ちと環境

私は田舎のいわゆる金持ちと云われる家に生れました。たくさんの兄や姉がありまして、その末ッ子として、まず何不自由なく育ちました。その為に世間知らずの非常なはにかみやになって終いました。この私のはにかみが何か他人からみると自分がそれを誇っているように見られやしないかと気にしています。

私は殆ど他人には満足に口もきけないほどの弱い性格で、従って生活力も零に近いと自覚して、幼少より今迄すごして来ました。ですから私はむしろ厭世主義といってもいいようなもので、余り生きることに張合いを感じない。ただもう一刻も早くこの生活の恐怖から逃げ出したい。この世の中からおさらばしたいというようなことばかり、

會被誤以為我以我的怯懦怕羞為傲。

　我軟弱到幾乎無法與他人正常對話，所以從小到大，我對於自己生活能力趨近於零這件事一直都有所自覺。因此，我反而比較類似厭世主義者，幾乎沒有活下去的動力。

　哪怕是早一分鐘都好，我只想逃離這種生活的恐懼。於是從兒時開始，我腦中想的淨是希望自己能與這個世間揮手道別。

　這樣的性格可以說是我立志於文學的動機。總覺得像原生家庭、至親或故鄉等等概念，都太過根深蒂固，難以拔除。

　可能有人會認為我在作品中炫耀我的原生

子供の頃から考えている質でした。

　こういう私の性格が私を文学に志さしめた動機となったと云えるでしょう。育った家庭とか肉親とか或いは故郷という概念、そういうものがひどく抜き難く根ざしているような気がします。

　私は自分の作品の中で、私の生れた家を自慢しているように思われるかも知れませんが、かえって、まだ自分の家の事実の大きさよりも更に遠慮して、殆どそれは半分、いや、もっとはにかんで語っている程です。

　一事が万事、なにかいつも自分がそのために人から非難せられ、仇敵視されているような、そういう恐怖感がいつも自分につきまとって居ります。そのためにわざと、最下等の生活をしてみせ

家庭，但相較於原生家庭的實際地位，我的敘述已經算含蓄許多，幾乎只提了一半，不，應該是有更多的保留。

於是，這讓我無時不受到恐懼糾纏，感覺所有人都因此而責備我，仇視我。為此我刻意去過最下等的生活，或者提醒自己無論是多骯髒齷齪的事，都必須以平常心看待。但我竟然不會打腰帶的繩結。

看來這似乎就是人們總認為我自命不凡的主因了。其實對我來說，這反而是造成我軟弱的最大癥結，所以我好幾次都衝動地想把身上所有的物品通通丟出去送人。

たり、或いはどんな汚いことにでも平気になろうと心がけたけれども、しかしまさか私は縄の帯は締められない。

それが人はやはりどこか私を思い上っていると思う第一の原因になっているようであります。けれども私に言わせれば、それが私の弱さの一番原因なので、そのために自分の身につけているもの全部をほうり出して差上げたいような思いをしたことが幾度あったかしれません。

例えば恋愛にしても、私だってそれは女から好意を寄せられることはたまにはありますけれども、自分がそんな金持ちの子供に生れたという点で女に好意をもたれているに過ぎないというようにに、人から思われるのが嫌で、恋愛をさえ幾度と

就比如說談戀愛吧，即便像我這種人，偶爾也有女孩子會主動向我示好，但我不喜歡別人認為女人是因為我家有錢才會對我有好感，所以就連戀愛我也有好幾次都自行斷了念頭。

雖然家兄現任青森縣的民選知事，但我要是對女人提起這件事，別人可能就會覺得我拿這種話題來搭訕女人，所以我反而總像在做戲般，讓自己看起來極為落魄不堪，可以說是愚蠢地一路努力活了過來。這一點連我自己都無所適從，遲遲找不到解決的方法。

なく自分で断念したこともあります。

現に私の兄がいま青森県の民選知事をしておりますが、そう云うことを女にひと言でも云えば、それを種に女を口説くと思われはせぬかというので、却っていつも芝居をしているように、自分をくだらなく見せるというような、殆ど愚かといってもいいくらいの努力をして生きて参りました。これは自分でももて余していて、どうにも解決のしようが未だに発見出来ません。

文壇生活？……

我二十五歲還在東京大學法文系打混的時候，改造社的《文藝》雜誌邀我寫個短篇文章，當時我送出手邊現有的短篇《逆行》。沒想到約莫兩三個月後，我的名字竟與其他前輩一起大篇幅地並列在報紙的廣告上，之後甚至被推上了第一屆芥川賞的候補名單。

在發表《逆行》後不久，《小丑之華》一文獲刊於同人雜誌《浪漫派》，承蒙佐藤春夫老師的推薦，我的作品才得以接二連三地發表於文學雜誌。

於是我開始萌生出些微的希望，心想自己或許能過著所謂的文壇生活，靠寫小說來維持

文壇生活？……

私がまだ東大の仏文科でまごまごしていた二十五歳の時、改造社の「文芸」という雑誌から何か短篇を書けといわれて、その時、あり合せの「逆行」という短篇を送った。それが二、三ヶ月後くらいに新聞の広告に大きく名前が他の諸先輩と並んで出て、それが後日第一回芥川賞の時に候補に上げられました。

その「逆行」と殆ど前後して同人雑誌「日本浪曼派（ろうまんは）」に「道化の華」が発表されました。それが佐藤春夫先生の推奨にあずかり、その後、文学雑誌に次々と作品を発表することができました。

それで自分も文壇生活というか、小説を書いて或いは生活が出来るのではないかしらとかすかな希望をもつようになりました。それは大体年代か

生計。就年代而言，這大概是昭和十年（西元1935年）左右發生的事。

回頭想想，我個人是不太清楚自己曾為了某個具體的動機而立志投身文學，幾乎是在無意識的狀態下，不知不覺間便已漫步於文學的曠野。回過神來，才驚覺前方尚有千里路，回首也已過千里，進退兩難地佇立在文學曠野的正中央，驚慌失措還比較接近我真實的感受。

らいうと昭和十年頃です。

省みますと、自分でははっきりと斯々（かくかく）の動機で文学を志したということは、判らないことで、殆ど無意識といってもいい位に、私はいつの間にやら文学の野原を歩いていたような気がするのです。気がついたらそれこそ往くも千里、帰るも千里というような、のっぴきならない文学の野原のまん中に立っていたのに気がついて、たいへん驚いたというようなところが真に近いかと思います。

前輩・喜歡的人

我主動示好的前輩可以說只有井伏鱒二先生一位而已。此外也與河上徹太郎與龜井勝一郎這兩位評論家，從「文學界」的關係，轉而成為共飲的酒友。輩分再高一點的前輩，稱其為友恐有失禮數，不過登門造訪過的有佐藤老

先輩・好きな人達

私がおつき合いをお願いしている先輩は井伏鱒二氏一人といっていい位です。あと評論家では河上徹太郎、亀井勝一郎、この人達も「文学界」の関係から飲み友達になりました。もっと年とった方の先輩では、これは交友というのは失礼かもしれないけれど、お宅に上らせて頂いた方は佐藤先生と豊島与志雄先生です。そうして井伏さんにはとうとう現在の家内を媒酌して頂いた程、親しく願っております。

井伏さんといえば、初期の「夜ふけと梅の花」という本の諸作品は、殆ど宝石を並べたような印象を受けました。また嘉村礒多なども昔から大変えらい人だと思っています。

これは弱い性格の人間の特徴かも知れません

師和豐島與志雄老師。其中我與井伏先生私交甚篤，現任妻子還是承井伏先生的媒妁之言才得以結緣。

提及井伏先生，其早期著作《深夜與梅花》中的作品讓我留下了有如寶石般的印象。另外像嘉村礒多也是從以前我就一直覺得他是一位很偉大的人物。

這或許是個性軟弱者的通病吧，我對於眾人過分炒作或尊敬的作品，基本上都習慣先抱持質疑的態度。

而明治時期的文壇中，我覺得國木田獨步的短篇寫得非常好。

が、人が余り騒ぐような、また尊敬しているような作品には一応、疑惑を持つ癖があります。

明治文壇では国木田独歩の短篇は非常にうまいと思っております。

フランス文学では、十九世紀だったらばたいてい皆、バルザック、フローベル、そういう所謂大文豪に心服していなければ、なにか文人たるものの資格に欠けるというような、へんな常識があるようですけれども、私はそんな大文豪の作品は、本当はあまり読んで好きじゃないのです。却ってミュッセ、ドーデー、あの辺の作家をひそかに愛読しております。ロシアではトルストイ、ドストイエフスキーなど、やはりみな、それに感心しなければ、文人の資格に欠けるというようなことが

至於法國文學的部分，若提到十九世紀，一般人都有個很奇怪的常識，好像不心儀巴爾札克或福樓拜等大文豪就失去了文人資格，但我拜讀過這些大文豪的作品後，著實就是不怎麼喜歡。私下反倒愛讀謬賽、都德等人的作品。論及俄國文學，一般則是認定對托爾斯泰和杜斯妥也夫斯基沒有共鳴，便有失文人資格。或許的確如此，但我卻獨愛契訶夫等作家。更傾心於普希金，我甚至認為他是俄羅斯文學的翹楚。

常識になっていて、それは確かにそういうものなのでしょうけれども、やはり自分はチエホフとか、誰よりもロシアではプーシュキン一人といってもいい位に傾倒しています。

我非怪人

在《小說新潮》上個月號的文壇聚會「話泉」中，我成了個怪人。那感覺就像有人拿繩索把我給綁住了一樣。另外也有人說我的小說就只是個古怪而少見的文章，這讓我不禁暗自憂鬱了起來。我覺得被世人認定為怪人或奇人的人，都是些性格特別軟弱、膽小的人，他們大多都是為了保護自己才會藉著奇言異行來偽裝自己。追根究底，一切應該還是出自於對生活缺乏了自信吧。

我從不認為自己古怪或言行異常，反倒覺得我是個極為普通、且相當拘泥傳統道德的男人。雖然似乎有不少人認為我完全無視於道德

私は変人に非ず

先月号の小説新潮の、文壇「話の泉」の会で、私は変人だと云うことになっているし、なにか縄帯でも締めているように思われている。また私の小説もただ風変わりで珍らしい位に云われてきて、私はひそかに憂鬱な気持ちになっていたのです。世の中から変人とか奇人などといわれている人間は、案外気の弱い度胸のない、そういう人が自分を護るための擬装をしているのが多いのではないかと思われます。やはり生活に対して自信のなさから出ているのではないでしょうか。

私は自分を変人とも、変った男だとも思ったことはなく、きわめて当り前の、また旧い道徳などにも非常にこだわる質の男です。それなのに、私が道徳など全然無視しているように思っている人

的存在，事實卻完全相反。

但就如前面所述，我的個性軟弱，因此至少軟弱這部分我想我是不得不承認的。除此之外我也無法與人爭辯，雖然這也可以歸咎於軟弱，我個人卻覺得這跟我多少有些基督教思想有關。

提到基督教主義思想，我現在止如字面所述，住在家徒四壁的破屋子裡。我當然也想住在一般人住的房子裡，也常常覺得孩子很可憐，但偏偏我就是沒辦法住在好房子裡。這並不是受到普羅文學或無產階級意識形態的影響，似乎只是因為我偏執地篤信了基督教「汝等要愛

が多いようですが、事実は全くその反対だ。

けれども、私は前にも云ったように、弱い性格なのでその弱さというものだけは認めなければならないと思っているのです。また人と議論することも私にはできない、これも自分の弱さといってもいいけれども、何か自分のキリスト主義みたいなものも多少含まれているような気がするのです。

キリスト主義といえば、私はいまそれこそ文字通りのあばら家に住んでいます。私だってそれは人並の家に住みたいとは思っています。子供も可哀そうだと思うこともあります。けれども私にはどうしてもいい家に住めないのです。それはプロレタリア意識とか、プロレタリアイデオロギー

鄰如愛己」的教誨。只不過最近我開始覺得，愛鄰如愛己實在是太難消受了。人都是一樣的。這種思想豈不是逼人去自殺嗎？

該不會是我一直對基督愛人如己這句話有了錯誤的解讀？這句話是不是有別的意思？想到這裡，我想起了「愛己」這兩個字。果然還是要愛自己才行。我隱約感覺到，嫌惡自己或虐待自己來去愛人，最終自然只會走向自殺一途，但這只是理論罷了。我對世人的情感始終是怯生生的，活到現在，我一直以覺得自己必須縮著背，壓低兩寸左右的高度走路才行。這一點似乎也存有我的文學根源。

とか、そんなものから教えられたものでなく、キリストの汝等（なんじら）己を愛する如く隣人を愛せよという言葉をへんに頑固に思いこんでしまっているらしい。しかし己を愛する如く隣人を愛するということは、とてもやり切れるものではないと、この頃つくづく考えてきました。人間はみな同じものだ。そういう思想はただ人を自殺にかり立てるだけのものではないでしょうか。

キリストの己を愛するが如く汝の隣人を愛せよという言葉を、私はきっと違った解釈をしているのではなかろうか。あれはもっと別の意味があるのではなかろうか。そう考えた時、己を愛するが如くという言葉が思い出される。やはり己も愛さなければいけない。己を嫌って、或（あ）るいは己を虐（しいた）げ

此外我也深深體會到社會主義果然是正確的。如今世上總算開始實現社會主義，也將由片山總理等人來領導日本，對此我深感歡喜。但與此同時我卻不得不過著和往常一樣，不，或者該說是比之前更為清貧的生活。一想到自己的不幸，就覺得自己此生可能都與幸福無緣。最近我才開始覺得，這並不是多愁善感的情緒，而是因為徹底地了解了。

只要一開始想東想西我就非喝酒不可。雖說酒不至於左右我的文學觀或作品，但酒卻動搖了我的生活。如前所述，我在人前無法侃侃而談，總是事後才無限懊惱地想著早知道就該

て人を愛するのでは、自殺よりほかはないのが当然だということを、かすかに気がついてきましたが、然しそれはただ理窟です。自分の世の中の人に対する感情はやはりいつもはにかみで、背の丈を二寸くらい低くして歩いていなければいけないような実感をもって生きてきました。こんなところにも、私の文学の根拠があるような気がするのです。

また私は社会主義というものはやはり正しいものだという実感をもって居ります。そうしていま社会主義の世の中にやっとなったようで、片山総理などが日本の大将になったということは、やはり嬉しいことではないかと思いながらも、私は昔と同じように、いや或いは昔以上に荒んだ生活を

這麼說、那樣說。因為這樣的個性，我只要與人見面幾乎都會感到頭暈目眩，非得不斷地說個不停，最後就變得總要喝酒才行。我常因此搞壞身體，或者常讓經濟陷入困窘，家庭總呈現貧寒之貌。儘管躺下時會東想西想地試圖改

しなければならん。この自分の不幸を思うと、もう自分に幸福というものは一生ないのかと、それはセンチメンタルな気持でなく、何だかいやに明瞭にわかってきたようにこの頃感じます。

あれ、これと考え出すと私は酒を飲まずにおられなくなります。酒によって自分の文学観や作品が左右されるとは思いませんが、ただ酒は私の生活を非常にゆすぶっている。前にも申しましたように人と会っても満足に話が出来ず、後であれを言えばよかった、こうも言えばよかったなどと口惜(くや)しく思います。いつも人と会うときには殆どぐらぐら眩暈(めまい)をして、話をしていなければならんような性格なので、つい酒を飲むことになる。それで健康を害し、或いは経済の破綻(はたん)などもしばしば

善，不過看來已然病入膏肓，到死才會有所改變吧。

我已經要三十九歲了，想到還要在這世間繼續活下去，我只感到茫然，仍然沒有任何自信。因此我時而會想，像我這樣怯懦的人竟還要養活妻小，真可說是悲慘至極對吧。

あって、家庭はいつも貧寒の趣きを呈しております。寝てからいろいろその改善を企図することもあるけれども、これはどうにも死なななきゃ直らないというような程度に迄なっているようです。

私も、もう三十九になりますが、世間にこれから暮してゆくということを考えると、呆然とするだけで、まだ何の自信もありません。だから、そういういわば弱虫が、妻子を養ってゆくということは、むしろ悲惨といってもいいのではないかと思うこともあります。

太宰治生平年表

1909	0	■本名為津島修治。六月十九日出生於青森縣北津郡金木村。津島家是當地首屈一指的大地主、大富豪。父親津島源右衛門曾任眾議院議員，後被選為貴族院議員，算是貴族階級，同時經營銀行與鐵路。母親夕子體弱多病，所以自小他是在叔母及保母照顧下長大。家中本有六男，二位兄長夭折，只剩文治、英治、圭治三個哥哥以及四個姊姊，家中兄弟排行第六，三年後弟弟禮治出生。
1916	7	■進入金木第一尋常小學。成績傑出。
1922	13	■小學第一名畢業，為增強學業能力，前往近兩公里遠的組合立明治高等小學就讀一年。
1923	14	■三月，父親源右衛門去世，享年五十二歲。 ■四月，進入青森縣立青森中學，寄宿於該市寺町的遠親豐田家。
1925	16	■三月，於《校友會誌》發表《最後的太閣》一作。和同學年的友人發表小說、

戲曲、散文於同人誌上。開始熱衷於芥川龍之介、菊地寬的文學作品之中，開始嚮往作家　職。

■八月，與同學年的友人創立同人雜誌《星座》，發表了戲曲《虛勢》一作，但隨後便停刊。

■十一月，與文學同好創立同人雜誌《海市蜃樓》，發表了《犧牲》、《地圖》等作品，雜誌持續到十二號後，因準備升學而停刊。

1927　18

■四月，進入弘前高等學校文科甲類（英語），寄宿於遠親藤田家。

■七月，芥川龍之介自殺，對太宰治造成很大的衝擊。不久後認識藝妓紅子（小山初代）。

1928　19

■五月，創立同人雜誌《細胞文藝》，以辻島眾二為筆名發表《無間奈落》。

1929　20

■思想上漸受馬克思主義的影響，開始對自己的出身感到苦惱而有服安眠藥自殺的意圖。

1930　21

■三月，畢業於弘前高等學校，並於四月進入東京帝國大學法文科。

		▪五月，與井伏鱒二會面，奉為終身之師。 ▪六月，三兄圭治去世。 ▪十一月，在銀座的酒吧結識女服務生田部，兩人相約在鎌倉郡腰越町海岸殉情未遂，由於田部身亡，因此以協助自殺之罪嫌遭起訴，此事是他終身難忘的罪惡意識，心境凝聚在《小丑之花》中。 ▪十二月，與小山初代私訂終身。
1931	22	▪二月，與小山初代同居於東京，號朱麟堂，沈迷於俳句之中，漸漸沒去上大學。
1932	23	▪因為參與左翼非法運動，而不斷搬家。但於七月時，對左翼非法運動感到絕望，後來向青森警察署自首，正式放棄非法運動，傾心於寫作之中。
1933	24	▪二月，開始以太宰治為筆名，發表《列車》一作。 ▪七月，結識伊馬鵜平（春部）、中村地平、小山祐士、檀一雄等人。

1934 25

■十二月，與津村信夫、中原中也、山岸外史、今官一、伊馬鵜平、木山捷平等人共同成立同人雜誌《青花》，發表《浪漫主義》一作，但隨後便停刊。

1935 26

■二月，於《文藝》發表《逆行》。

■三月，參加東京都新聞社的求職測驗，落選後企圖於鎌倉上吊自殺。

■四月，罹患盲腸炎併發腹膜炎，於此時開始陷入藥物成癮之苦。

■五月，加入「日本浪漫派」，發表《小丑之花》。

■八月，以《逆行》一作，入圍第一屆芥川獎，並開始和田中英光通信。

■九月，因未繳學費而遭帝大退學。

■十月，於《文藝春秋》發表《通俗之物》。又因看了川端康成於同誌九月號發表的芥川賞評選一文後，一怒之下於同誌的〈文藝通信〉單元上發表意見，以示反駁。

1936　27

■二月，為治療藥物成癮，進入芝濟生會醫院接受治療，只住院了一個月，尚未痊癒就出院了。

■四月，於《文藝雜誌》發表《陰火》。

■五月，於《若草》發表《關於雌性》。

■六月，出版首本創作集《晚年》。

■八月，落選期待已久的第三屆芥川賞，心情大受打擊。

■十月，接受井伏鱒二的建議，進入江古田武藏野醫院治病，一個月後痊癒而出院。於同月發表《狂言之神》、《喝采》。

1937　28

■一月，於《改造》發表《二十世紀旗手》，並於同年七月出版同名短篇集。

■三月，發現住院期間，小山初代與小館善四郎有染，在絕望之下與初代至水上溫泉，企圖吃安眠藥自殺未果。回東京後與初代離別。

■四月，於《新潮》發表《HUMAN LOST》。

■六月，出版《虛構的徬徨》、《通俗之物》。

■十月，於《若草》發表《燈籠》。

1938　29

■九月，於《文筆》發表《滿願》。

■十月，於《新潮》發表《姥捨》。

1939　30

■一月，在井伏鱒二夫妻撮合下，與石原美知子舉行結婚典禮，於甲府市御崎町築定居。

■二月，於《文體》發表《富嶽百景》。

■三月，於《國民新聞》發表《黃金風景》，獲選短篇小說大賞，贏得五十圓獎金。

■四月，於《文學界》發表《女生徒》，並於同年七月出版同名短篇集。

■六月，於《若草》發表《葉櫻與魔笛》。

■八月，於《新潮》發表《八十八夜》。

1940

31

■九月，移居東京府下三鷹村（現東京都三鷹市）。

■十月，於《文學者》發表《畜犬談》。

■十一月，於《文學界》發表《皮膚與心》。

■奠定了新進作家的地位，發表的作品也愈來愈多。於一月，開始連載《女人的決鬥》、《俗天使》、《鷗》等作品。

■二月，於《中央公論》發表《越級控訴》。

■三月，於《婦人畫報》發表《老海德堡》。

■四月，出版短篇集《皮膚與心》。於《文藝》發表《追憶善藏》。

■五月，於《新潮》發表《跑吧！梅洛斯》。

■六月，出版短篇集《回憶》、《女人的決鬥》。於《知性》發表《古典風》。

■七月，於《新風》發表《盲人獨笑》；於《若草》發表《乞食學生》。

1941

32

■十一月，於《新潮》發表《蟋蟀》。

■十二月，於《婦人畫報》發表《小說燈籠》。以短篇集《女生徒》獲選北村透谷紀念文學賞。

■因前半年所發表的《越級控訴》與《跑吧！梅洛斯》被譽為名作，受邀演講的機會增多，曾於東京商大以《近代之病》為題發表演說，亦於新瀉高校演說。

■一月，發表《東京八景》、《佐渡》、《清貧譚》等作品。

■二月，開始執筆長篇小說《新哈姆雷特》，並於五月完成，七月發表。

■五月，出版短篇集《東京八景》。

■六月，長女園子誕生。於《改造》發表《千代女》，並於同年八月出版同名短篇集。

■八月，探訪十年未歸的故鄉金木町。

1942

33

■九月，太田靜子與友人初次造訪太宰治的住處。

■十一月，於《文學界》發表《風的來訊》。收到徵兵單，但因肺部患有疾病而免役。

■十二月，於《知性》發表《誰》。出版《越級控訴》限定版。十八日，太平洋戰爭開打，執筆《十二月八日》。

■一月，於《婦人畫報》發表《羞恥》。

■四月，出版短篇集《風的來訊》。

■五月，於《改造》發表《水仙》。出版短篇集《老海德堡》。

■六月，出版《正義與微笑》、短篇集《女性》。

■十月，發表《花火》，但全文遭到刪除。（《花火》於戰後改名為《日出之前》）

■十月，收到母親重病的通知，與美知子和園子返回老家，十二月母親夕子去世（享年七十歲）。

1943　34

■一月，為了亡母的法事，與妻子結伴返鄉。發表《故鄉》、《禁酒之心》。出版短篇集《富嶽百景》。

■六月，於《八雲》發表《歸去來》。

■九月，出版《右大臣實朝》。

■十月，完成《雲雀之聲》一作，但有無法通過審查的疑慮，所以延後出版日期，隔年準備出版之際卻遇上空襲，全化為烏有。兩年後發表的《潘朵拉的盒子》則是以此作品為基礎創作而成。

1944　35

■一月，於《改造》發表《佳日》，後來由東寶電影公司將《佳日》拍攝成電影。

■三月，於《新若人》發表《散華》。

■五月，於《少女之友》發表《雪夜的故事》。為創作《津輕》一作，而探訪津輕地區，之後於同年七月完成，十一月出版。

■七月，前妻小山初代病逝（享年三十二歲）。

■八月，長男正樹誕生。出版短篇集《佳日》。

■十二月，受情報局與文學報國會之託，創作描寫魯迅留日生活的小說，開始研究魯迅。

1945 36

■二月，完成魯迅傳記《惜別》，於九月由朝日新聞社出版。

■三月，在空襲警報下執筆《御伽草紙》，並於同年六月完成，十月出版。三月底妻子回娘家甲府避難。

■四月，位於三鷹的住處遭遇空襲，房屋部分毀損，因此前往妻子的娘家避難。

■七月，妻子的娘家遭受炸彈攻擊全毀，帶著妻小返回老家津輕。

■八月，日本宣布無條件投降，第二次世界大戰落幕。

■十月，於《河北新報》發表《潘朵拉的盒子》。

■戰後更加活躍於文壇，並參加了許多座談會。

1946 37

■一月，於《新小說》發表《庭》。

■二月，於《新潮》發表《謊言》。

■三月，發表《已矣哉》、《雀》等作品。

■四月，於《文化展望》發表《十五年間》。

■五月，芥川比呂志為《新哈姆雷特》於思想座上演的許可登門造訪。

■六月，發表戲曲《冬季的花火》，原於十二月時要在東劇上演，但遭麥克阿瑟禁演。出版《潘朵拉的盒子》。長男正樹罹患急性肺炎，經歷了生死交關。

■七月，祖母去世（享年九十歲）。

■九月，發表戲曲《春天的枯葉》。

■十一月，於《東北文學》發表《訪客》。

■十二月，發表《男女同權》、《摯友交歡》。出版短篇集《薄明》。

1947

38

■一月，於《群像》發表《鏗鏗鏘鏘》。

■二月，前往神奈川縣拜訪太田靜子，滯留了一週左右，借走靜子的日記後，前往田中英光的避難地伊豆三津濱，開始執筆《斜陽》。

■三月，次女里子誕生。結識二十八歲的山崎富榮。發表《母親》、《維榮之妻》。

■四月，於《人間》發表《父親》。

■五月，於《日本小說》發表《女神》。

■六月，完成長篇小說《斜陽》，並於同年十二月出版。

■七月，出版作品集《冬季的花火》。

■八月，出版短篇集《維榮之妻》。

■十月，於《改造》發表《阿三》。

■十一月，與太田靜子生下一女，取名為治子。於《小說新潮》發表隨筆《論我半生》。

1948 39

- 一月，發表《犯人》、《招待夫人》等作品。
- 三月，發表《眉山》、《美男子與菸草》、《如是我聞》。開始執筆《人間失格》，此時隨著肺結核惡化，身體極度虛弱甚至開始失眠，時常吐血。
- 四月，於《群像》發表《候鳥》。
- 五月，於《世界》發表《櫻桃》。
- 六月十三日深夜，留下遺作《Goodbye》的草稿，以及數封遺書後，與山崎富榮一齊在玉川上水投河自盡。於十九日，生日當天發現遺體。二十一日在豐島與志雄、井伏鱒二主持下於自宅舉行告別式，葬於三鷹町禪林寺。
- 七月，發表《Goodbye》，出版《人間失格》、短篇集《櫻桃》。
- 八月，於《中央公論》發表《家庭的幸福》。
- 十一月，出版散文集《如是我聞》。

人間失格

定價390元
2023年11月8日
三版第2刷

日本經典文學：人間失格／太宰治著；長安靜美譯.
-- 三版. -- 臺北市：笛藤，八方出版股份有限公司，2022.05
面； 公分
ISBN 978-957-710-854-8(平裝)
861.57 111005563

著者	太宰治
譯者	長安靜美
總編輯	洪季楨
編輯	黎虹君・葉雯婷・陳亭安
編輯協力	藍嘉楹
封面設計	王舒玗
內頁設計	王舒玗
插圖	甘捷曼 Germain Canon
編輯企畫	笛藤出版
發行所	八方出版股份有限公司
發行人	林建仲
地址	台北市中山區長安東路二段171號3樓3室
電話	(02)2777-3682
傳真	(02)2777-3672
總經銷	聯合發行股份有限公司
地址	新北市新店區寶橋路235巷6弄6號2樓
電話	(02)2917-8022・(02)2917-8042
製版廠	造極彩色印刷製版股份有限公司
地址	新北市中和區中山路二段380巷7號1樓
電話	(02)2240-0333・(02)2248-3904
郵撥帳戶	八方出版股份有限公司
郵撥帳號	19809050

附
情境配樂
中文朗讀
MP3
QR Code
紀念藏書票